東京エレジー

# 東京輓歌

安西水丸

Mizumaru Anzai

黃鴻硯 譯

# 目次

東京輓歌❶ —— 7
東京輓歌❷ —— 23
東京輓歌❸ —— 39
東京輓歌❹ —— 55
天誅蜘蛛 —— 75
清志 —— 91

北風漂浪——107
獅子——123
防風外套——139
暗房——155
火車——177
後記「單色風景畫」——171
解說　少年與東京鐵塔　川本三郎——193
《東京輓歌》繁體中文版後記／導讀——197

# 東京輓歌

# 東京輓歌

❶

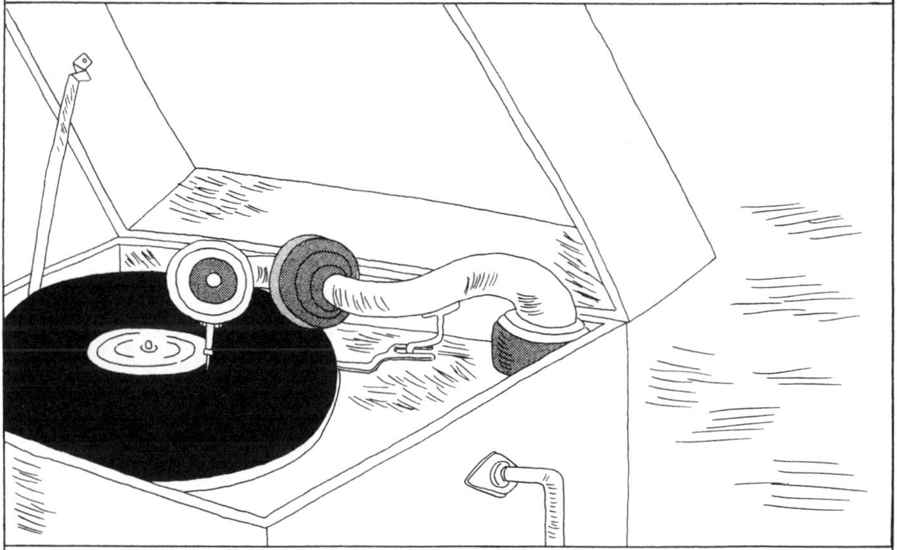

ANGEL CHOCOLATE
BAR

SHOE MAKER
UNION
RE OR
GIANT

那麼，野上君，就讓他進你們班囉。
他，是學務主任本山文治，四十八歲。
這是成為我班導的野上信三老師，二十八歲。
我知道了，本山老師。
今年春天，我從都內的私立高中轉學到這所私立高中來。
呃—這位是小西昇同學，從今天起轉學到我們這班。
我叫小西，請多指教。
窗外飄落著櫻花瓣。
野上老師出身北海道松前，
聽說在日大拳擊社時代打羽量級，
曾晉級到相當高的名次。
呃—你的座位在這一排最後面的右邊。
綽號叫傳助※。學生只要一犯什麼錯，
他就會說：
蠢貨。

※ 喜劇演員大宮敏充於劇場、電視上扮演的知名角色。

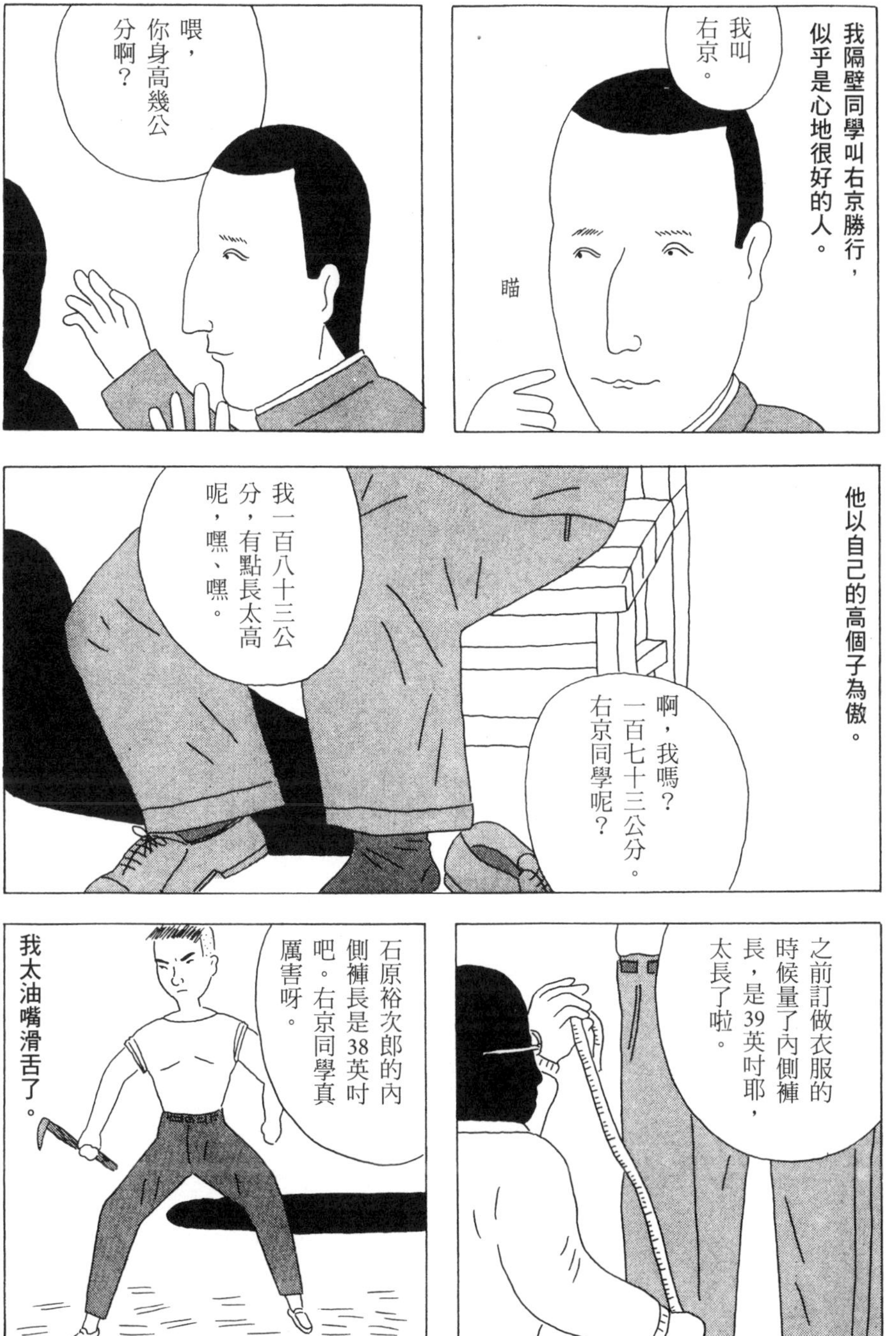

我隔壁同學叫右京勝行，似乎是心地很好的人。
我叫右京。
瞄
喂，你身高幾公分啊？
他以自己的高個子為傲。
啊，我嗎？一百七十三公分。右京同學呢？
我一百八十三公分，有點長太高呢，嘿、嘿、嘿。
之前訂做衣服的時候量了內側褲長，是39英吋耶，太長了啦。
石原裕次郎的內側褲長是38英吋吧。右京同學真厲害呀。
我太油嘴滑舌了。

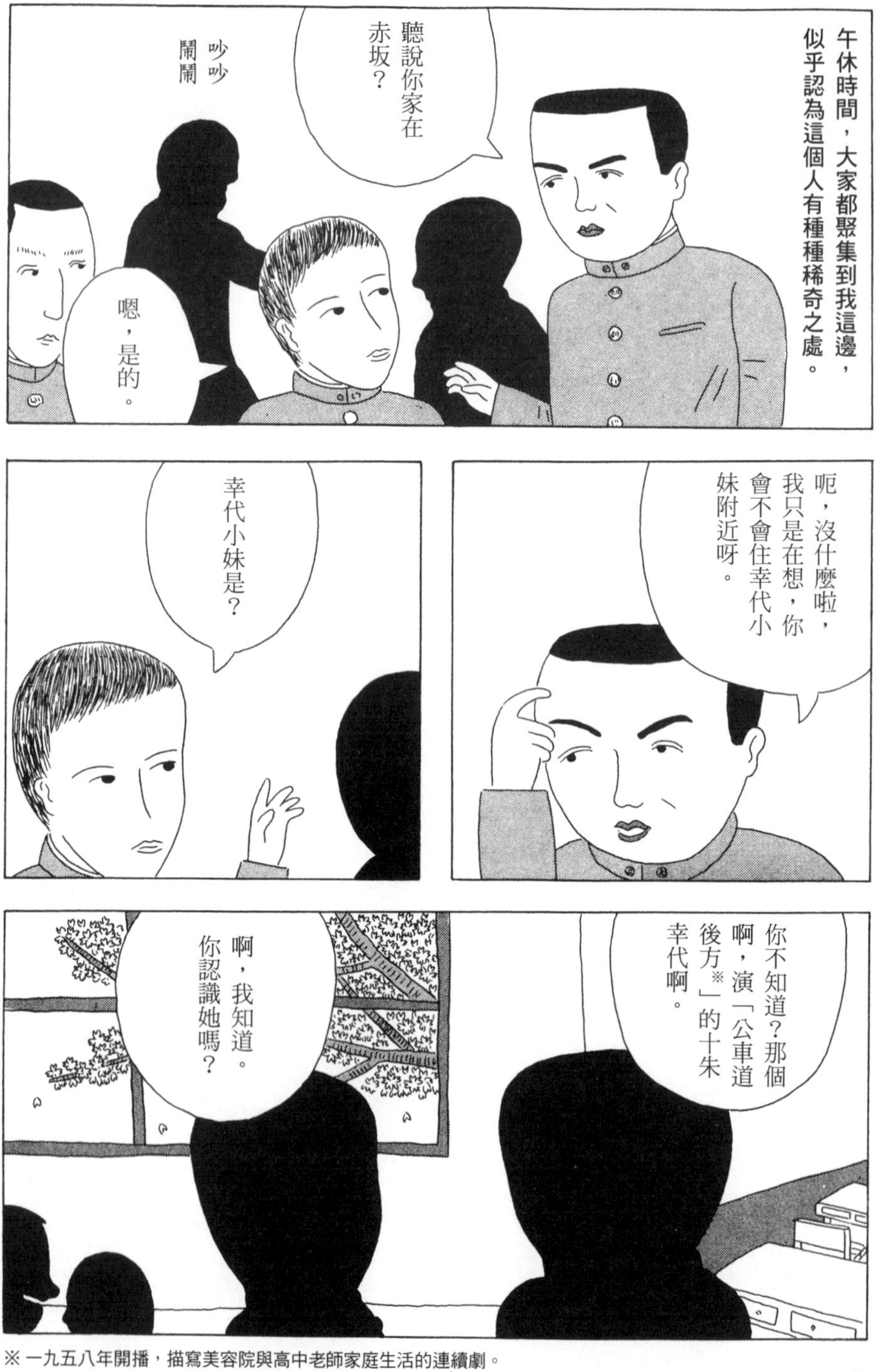
午休時間，大家都聚集到我這邊，似乎認為這個人有種種稀奇之處。
聽說你家在赤坂？
吵吵鬧鬧
嗯，是的。
呃，沒什麼啦，我只是在想，你會不會住幸代小妹附近呀。
幸代小妹是？
你不知道？那個啊，演「公車道後方※」的十朱幸代啊。
啊，我知道。你認識她嗎？

※一九五八年開播，描寫美容院與高中老師家庭生活的連續劇。

之前我和幸代小妹在房間裡獨處，然後呀……
然後怎樣？
右京突然熱心地湊了過來。
我媽就跑進來了，真傷腦筋啊。
為什麼傷腦筋啊？咦？為什麼？
右京萬分激動地想套他話。
他，福本茂，後來碰上著名的三河島站國鐵事故，結束了短暫的一生。
原本可是個愛裝模作樣又有趣的傢伙呀。
不管怎麼說，十朱幸代的桃花運搞不好從那時就開始糟了。
吃下潘西隆※，不適去匆匆。

※腸胃藥品牌。

大約一個月後的某個禮拜天，我去拜訪了右京勝行的家。
他家在南千住站前開拉麵店。
我進地下鐵赤坂見附站，出淺草站，
這裡就是泪橋啊。
從淺草搭都電二十三號線到終點站南千住。
就是這吧。不好意思！
那是店家入口。
中華
咦？你是誰？啊，那你爬左邊的樓梯上樓。
我後來才知道她是右京的母親大人。

哇——好陡的樓梯啊。
啊。
對不起啊，小弟弟。

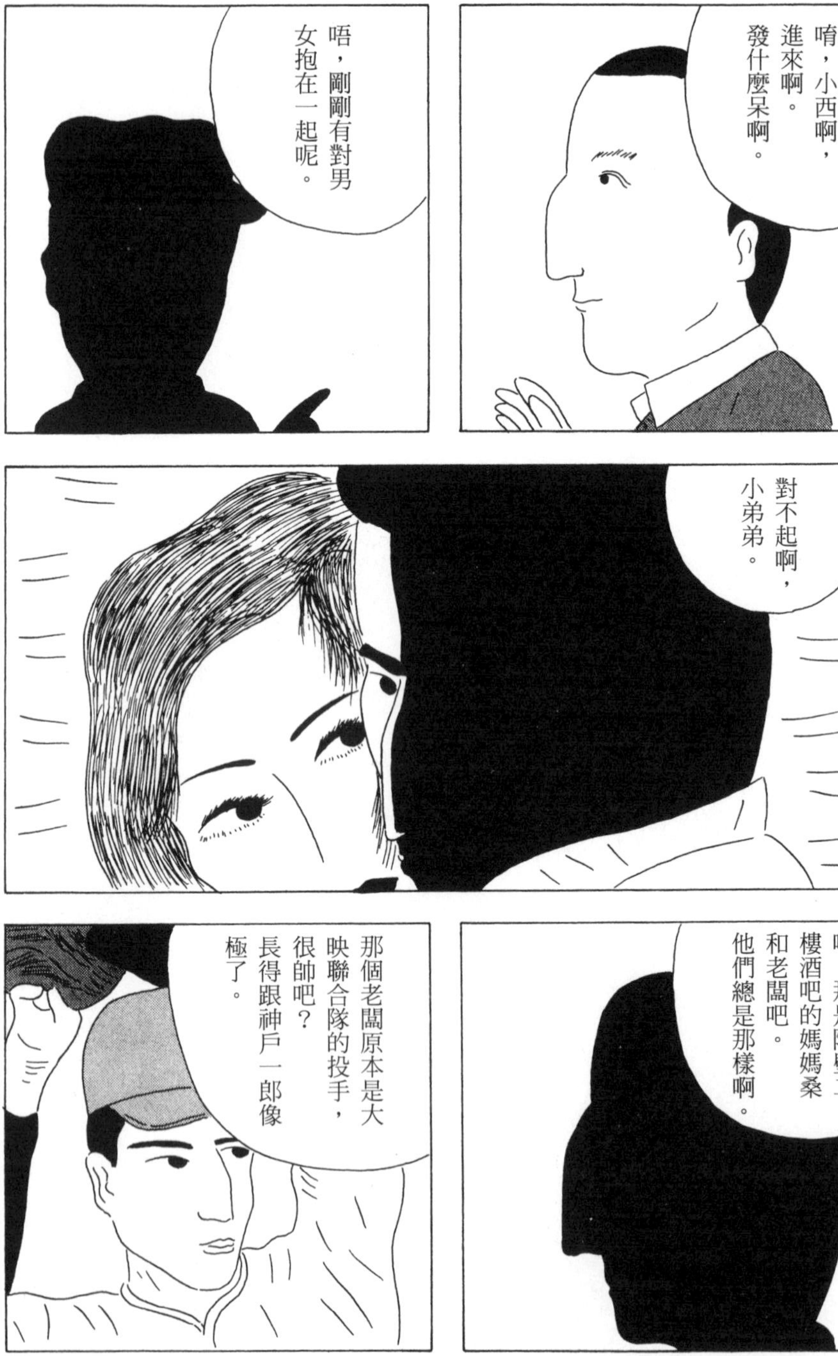
唷，小西啊，進來啊。發什麼呆啊。
唔，剛剛有對男女抱在一起呢。
對不起啊，小弟弟。
啊，那是隔壁二樓酒吧的媽媽桑和老闆吧。他們總是那樣啊。
那個老闆原本是大映聯合隊的投手，很帥吧？長得跟神戶一郎像極了。

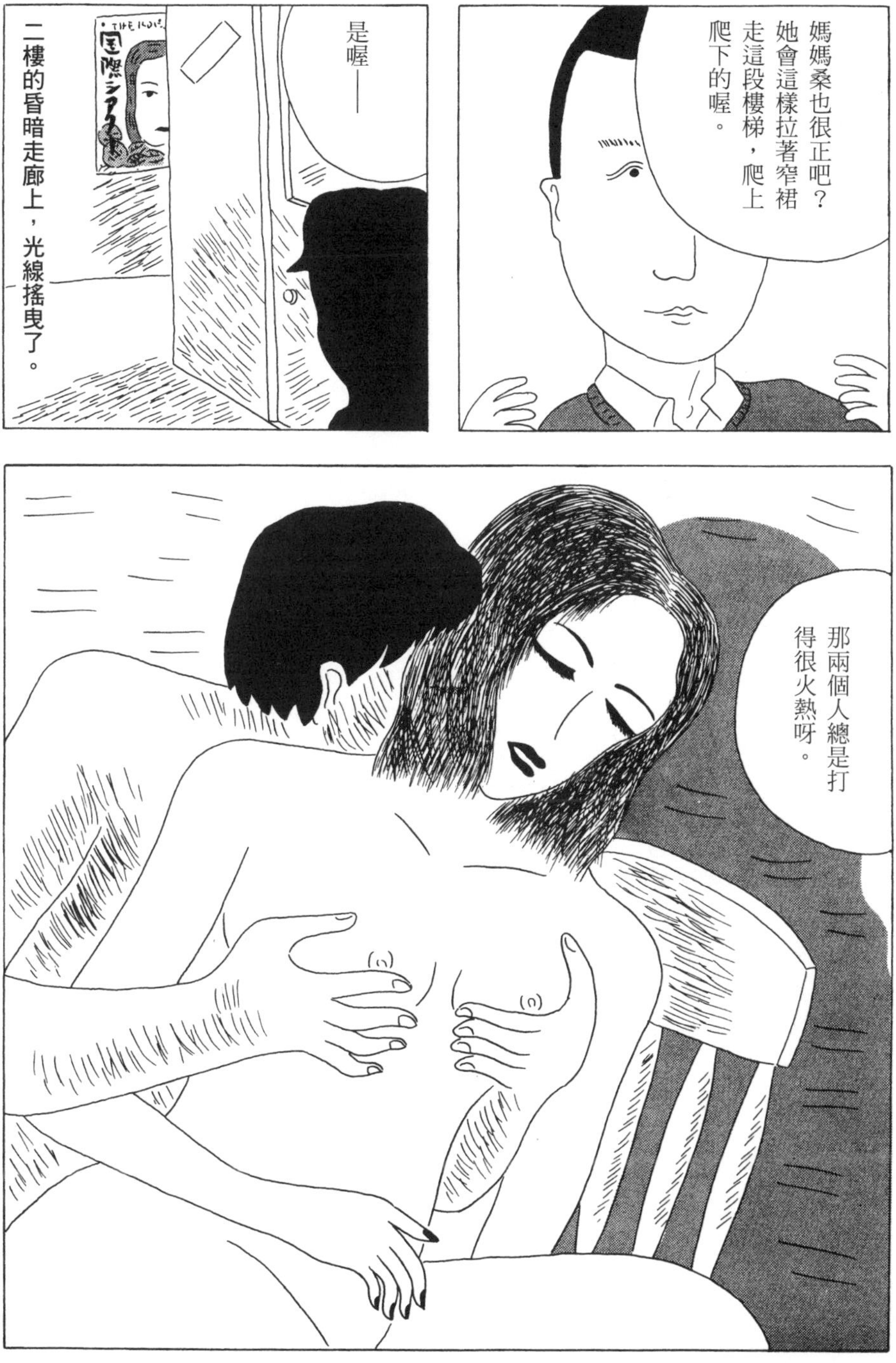
媽媽桑也很正吧？她會這樣拉著窄裙走這段樓梯，爬上爬下的喔。
是喔──
二樓的昏暗走廊上，光線搖曳了。
那兩個人總是打得很火熱呀。

喔——歡迎啊。
啊，哥。
勝行的哥哥勝一，身材又比弟弟大一號。
你好，初次見面，我叫小西。
喔，我聽弟弟說過你的事喔，真虧你跑這麼遠來呀，吃碗拉麵吧。
今天煮得特別好吃。
非常感謝。
我哥還在鄉下的時候，高砂部屋※曾來挖角他呢，對吧哥？
哎呀——那是很久以前的事了，後來呢，喏，你說那件事給他聽。

※知名相撲部屋。

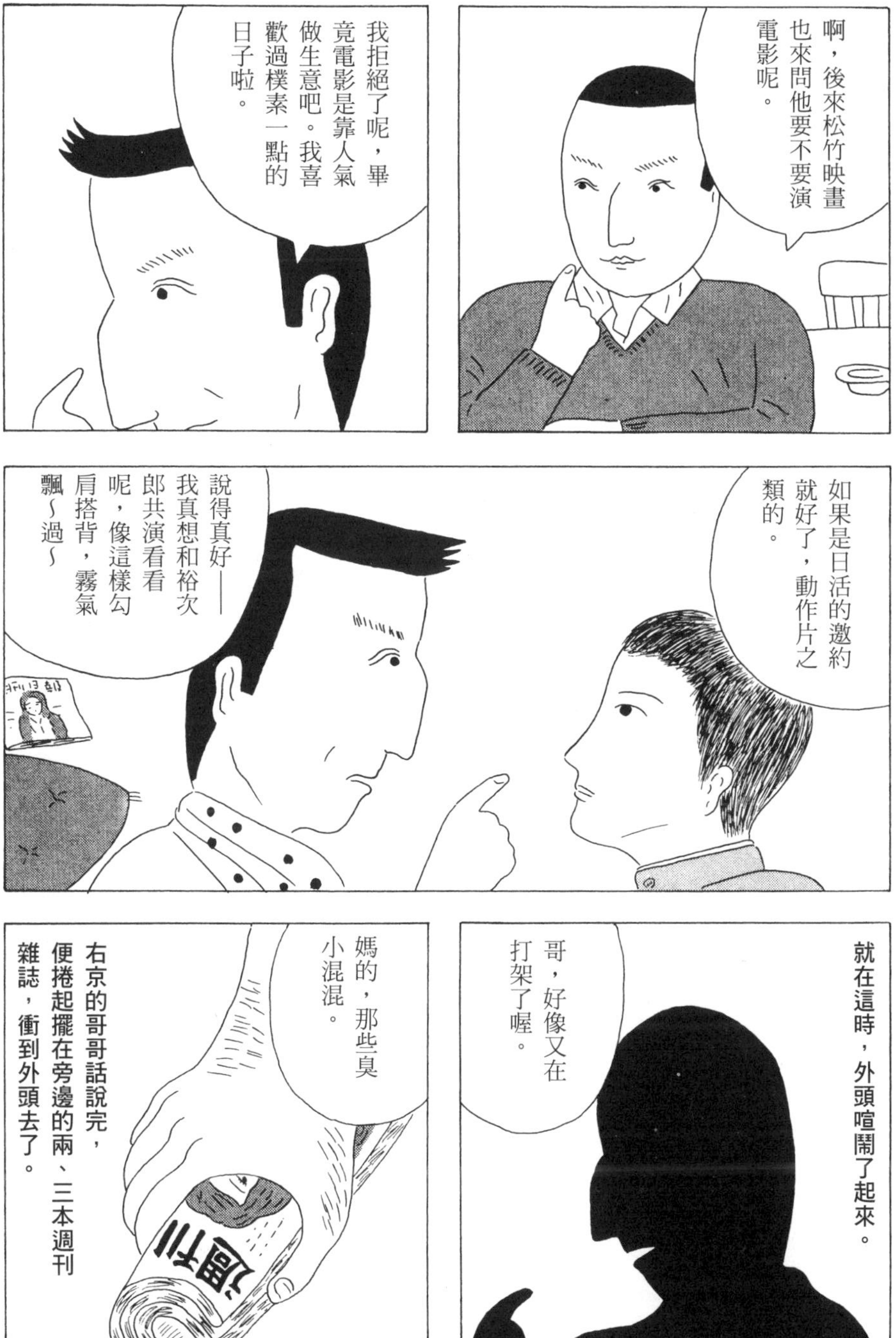
啊，後來松竹映畫也來問他要不要演電影呢。
我拒絕了呢，畢竟電影是靠人氣做生意吧。我喜歡過樸素一點的日子啦。
如果是日活的邀約就好了，動作片之類的。
說得真好——我真想和裕次郎共演看看呢，像這樣勾肩搭背，霧氣飄～過～
就在這時，外頭喧鬧了起來。
哥，好像又在打架了喔。
媽的，那些臭小混混。
右京的哥哥話說完，便捲起擺在旁邊的兩、三本週刊雜誌，衝到外頭去了。
週刊

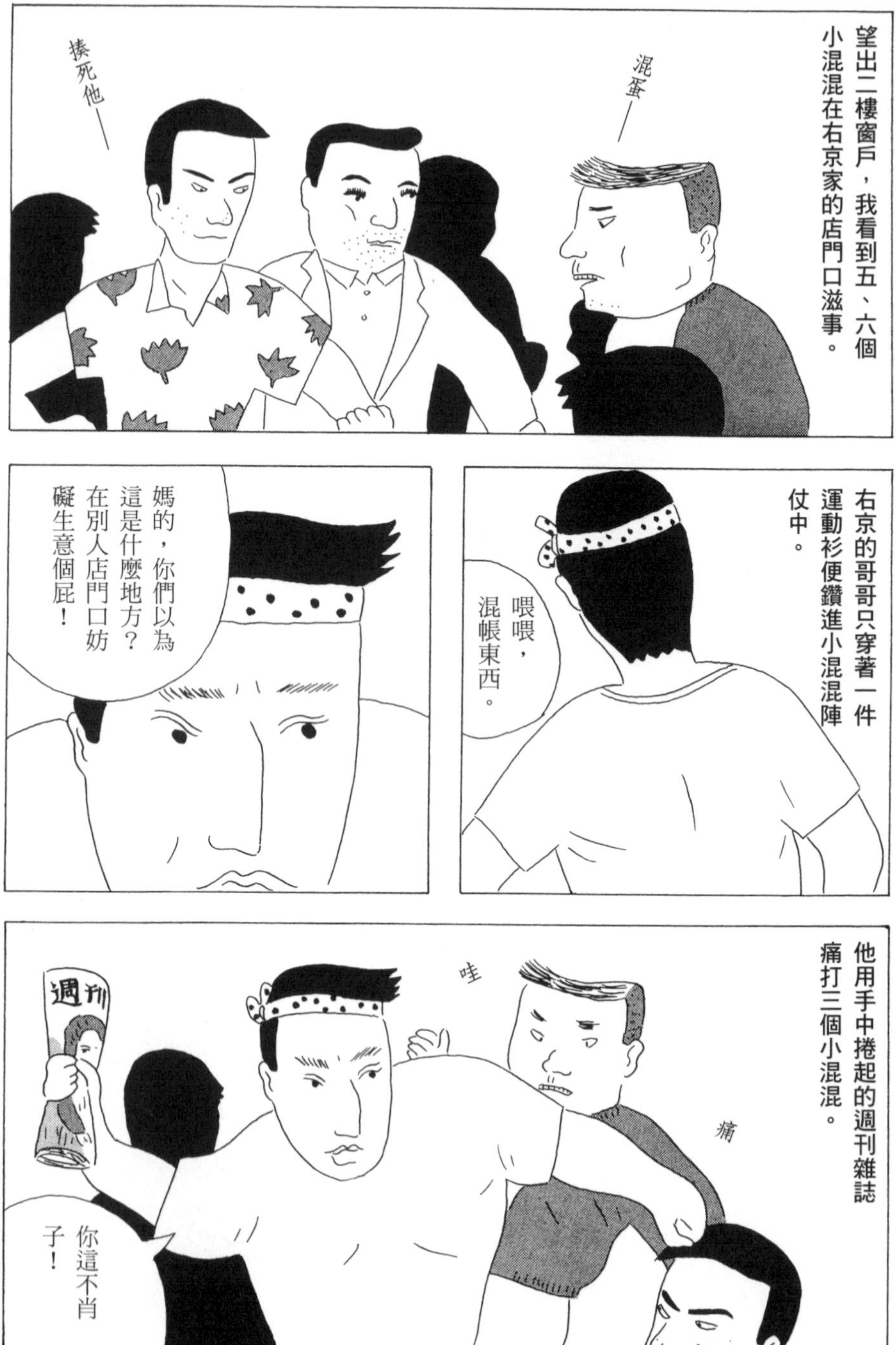
望出二樓窗戶，我看到五、六個小混混在右京家的店門口滋事。
混蛋
揍死他
右京的哥哥只穿著一件運動衫便鑽進小混混陣仗中。
喂喂，混帳東西。
媽的，你們以為這是什麼地方？在別人店門口妨礙生意個屁！
他用手中捲起的週刊雜誌痛打三個小混混。
哇
痛
週刊
你這不肖子！

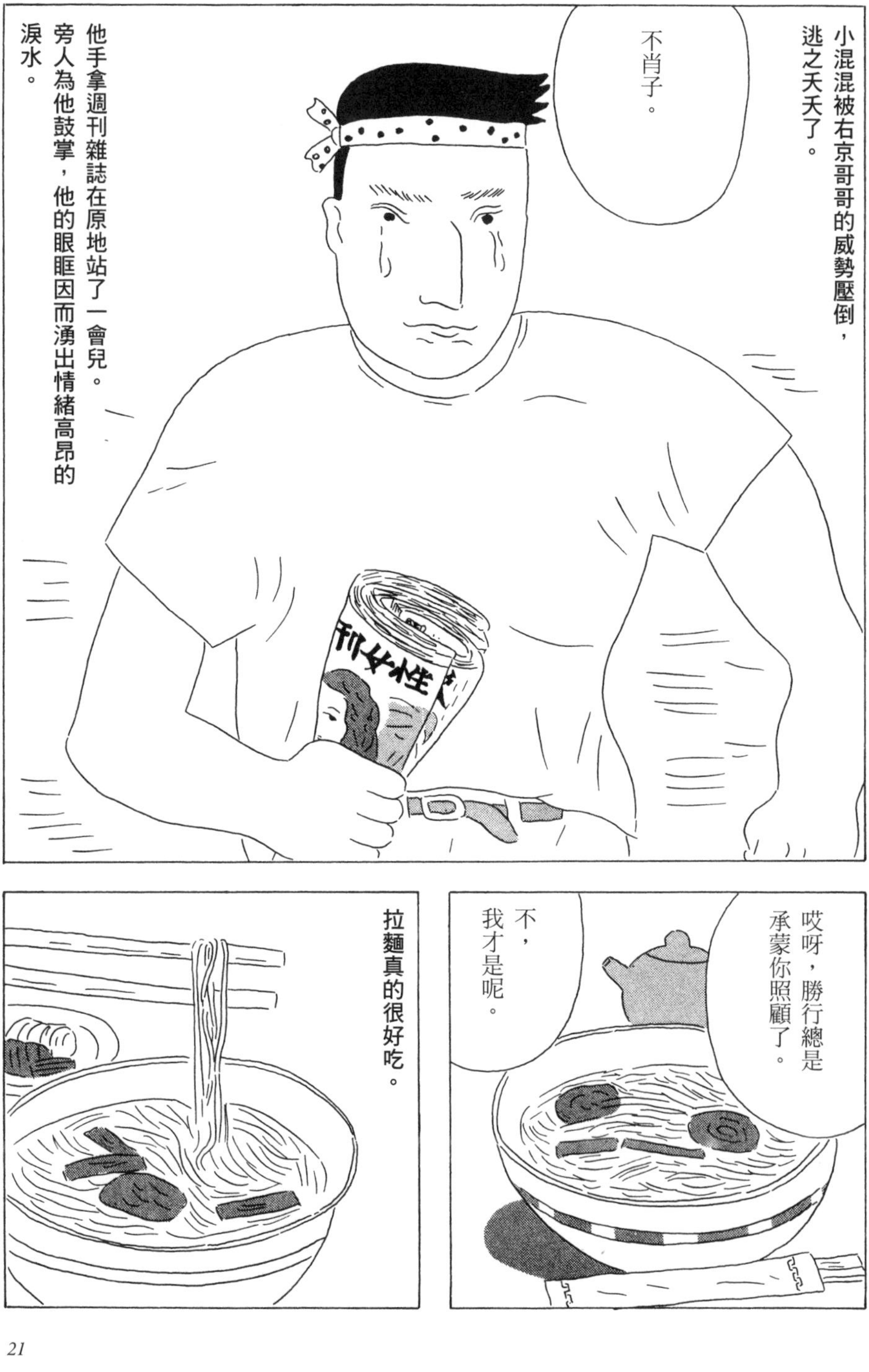
小混混被右京哥哥的威勢壓倒，逃之夭夭了。
不肖子。
他手拿週刊雜誌在原地站了一會兒。旁人為他鼓掌，他的眼眶因而湧出情緒高昂的淚水。
哎呀，勝行總是承蒙你照顧了。
不，我才是呢。
拉麵真的很好吃。

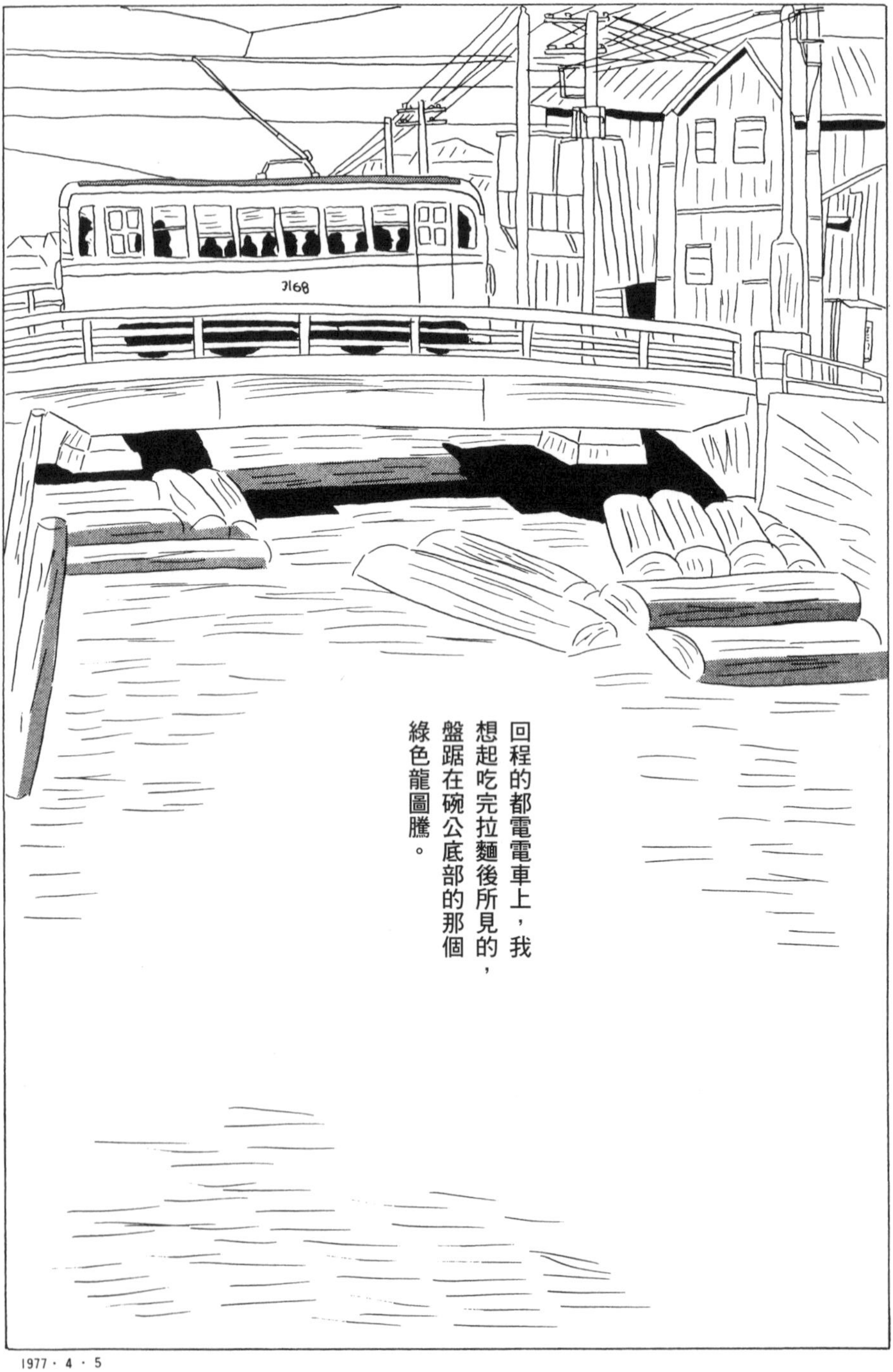
回程的都電電車上，我
想起吃完拉麵後所見的，
盤踞在碗公底部的那個
綠色龍圖騰。

1977・4・5

東京輓歌

❷

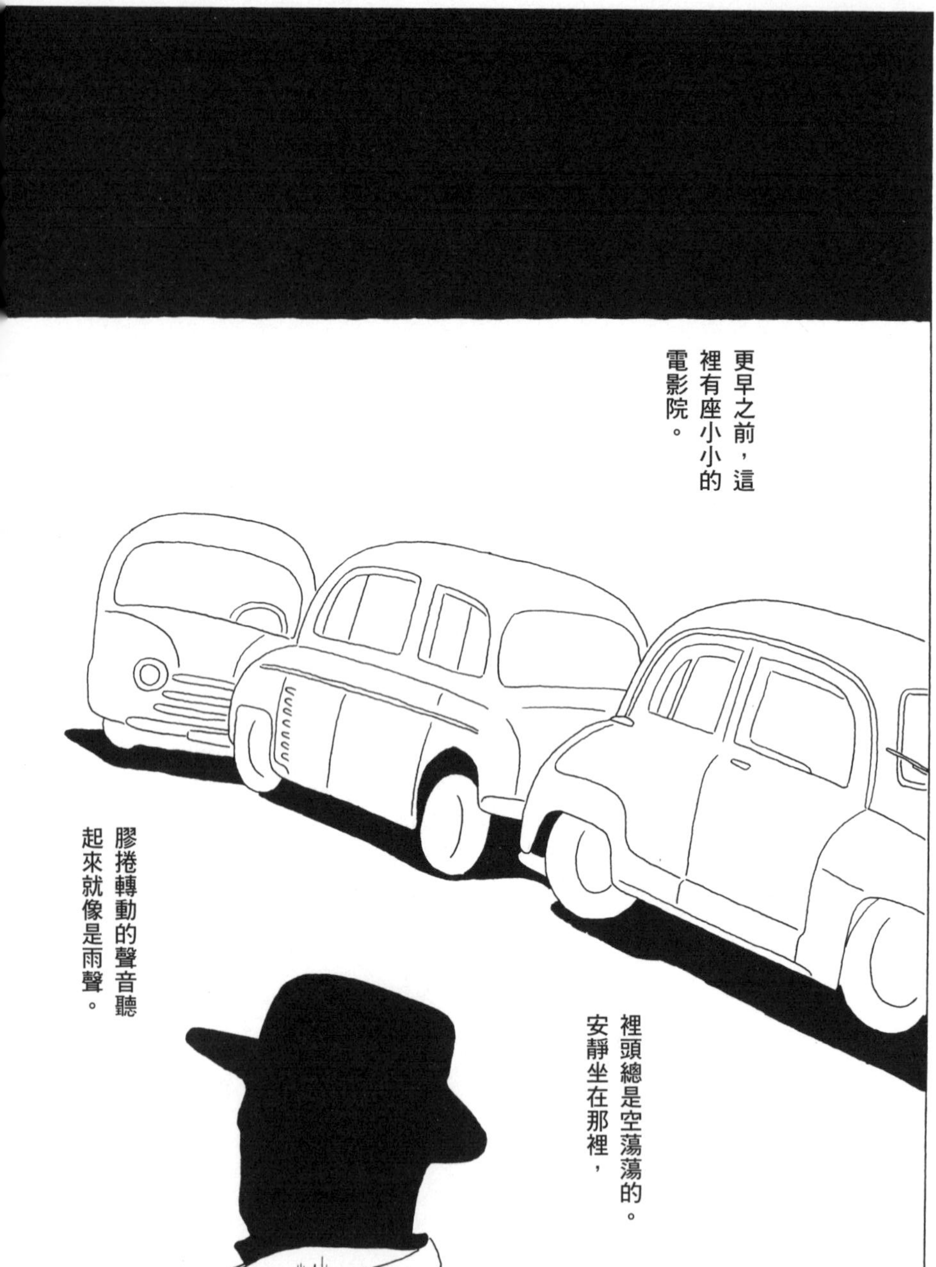
更早之前，這裡有座小小的電影院。
裡頭總是空蕩蕩的。安靜坐在那裡，
膠捲轉動的聲音聽起來就像是雨聲。

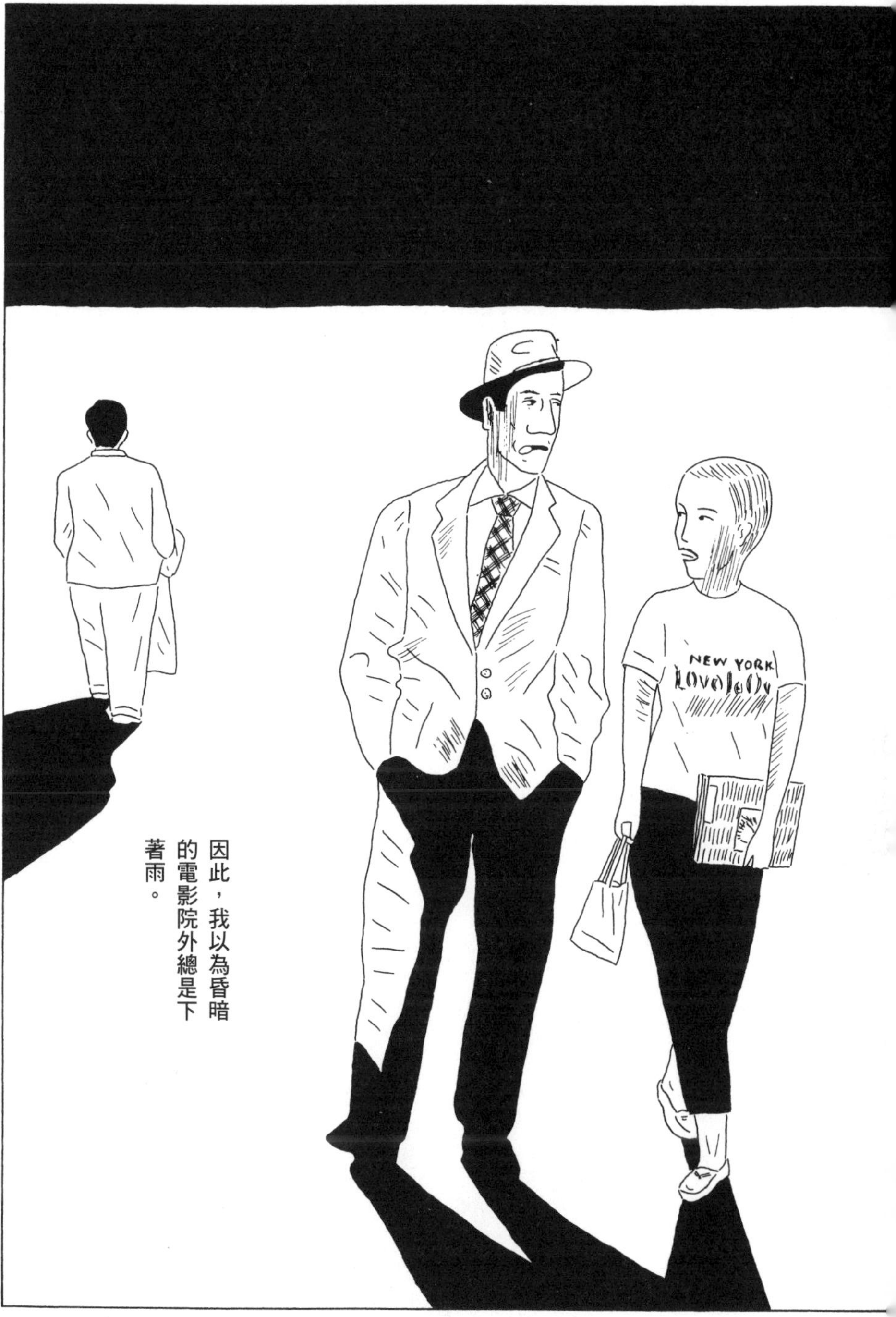
因此，我以為昏暗的電影院外總是下著雨。
NEW YORK

放學回家的路，我和足球隊的犬塚同行。
據說他母親以前在赤坂當藝伎。
簡單說，我是小老婆的小孩啦。
他笑著告訴我，而我不知為何對這樣的他很有好感。
啊，電車來囉。
喔，很空很空。
SHINŌTSUKA
新大塚
新宿
丸之內線電車從池袋出發，通過銀座，奔向新宿。

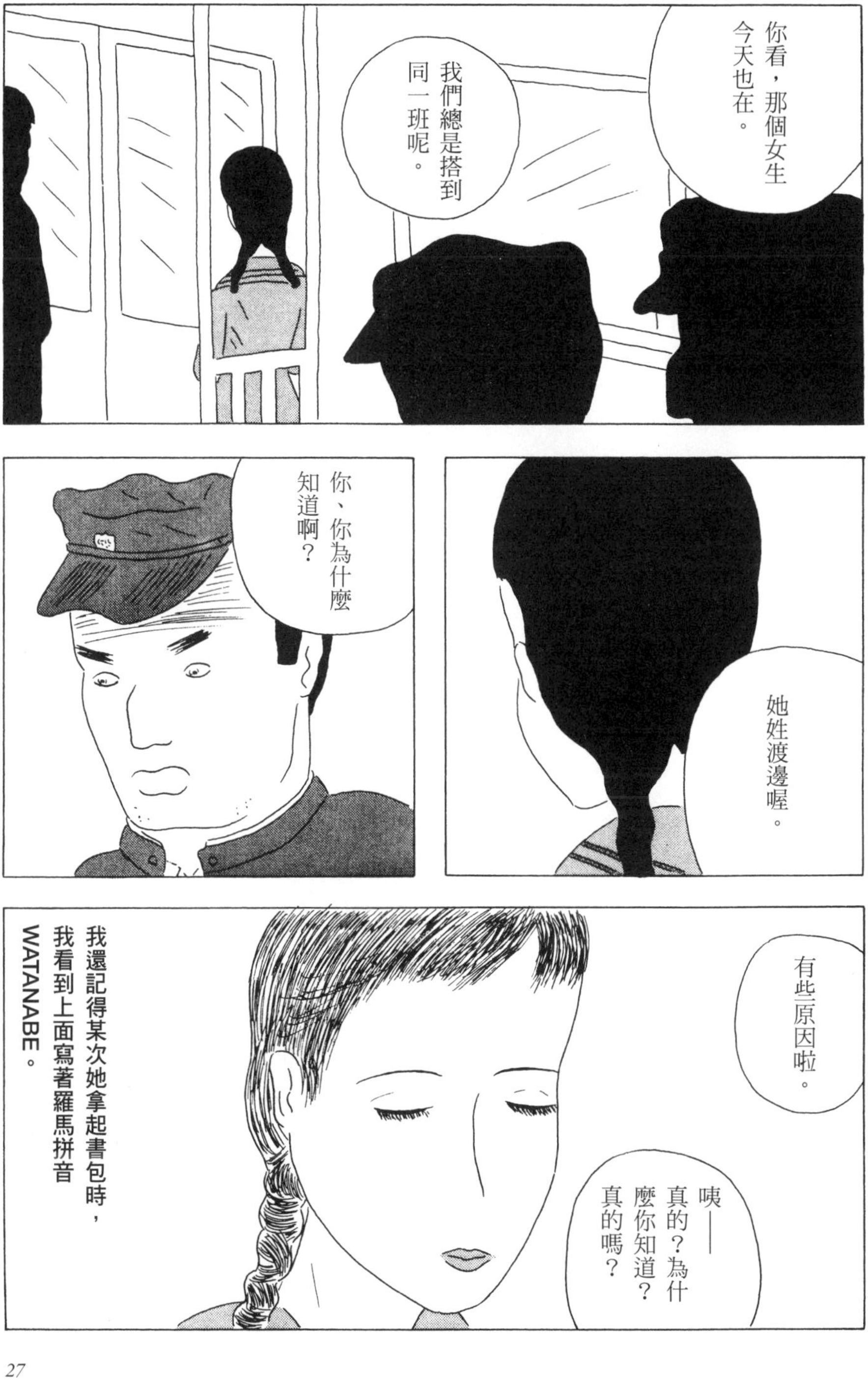
你看，那個女生今天也在。
我們總是搭到同一班呢。
她姓渡邊喔。
你、你為什麼知道啊？
有些原因啦。
咦——真的？為什麼你知道？真的嗎？
我還記得某次她拿起書包時，我看到上面寫著羅馬拼音WATANABE。

隔天早上，我又和犬塚搭了同一班電車。
哀搜樣俺的悠搜歐—的，基斯，買達令※。我的發音如何啊？
豊川稲
好像真的英文喔。
犬塚開朗地哼著〈黛安娜〉那首歌。
通過西銀座後，電車一下子變得很空。
池袋
西銀座
唔，是那傢伙。
怎麼啦？
幫我拿一下書包。
怎麼了呀？
我馬上就會搞定啦。
犬塚逼近坐在前頭的一個學生。


※I'm so young and you're so old. This, my darling. 保羅安卡〈黛安娜〉歌詞。

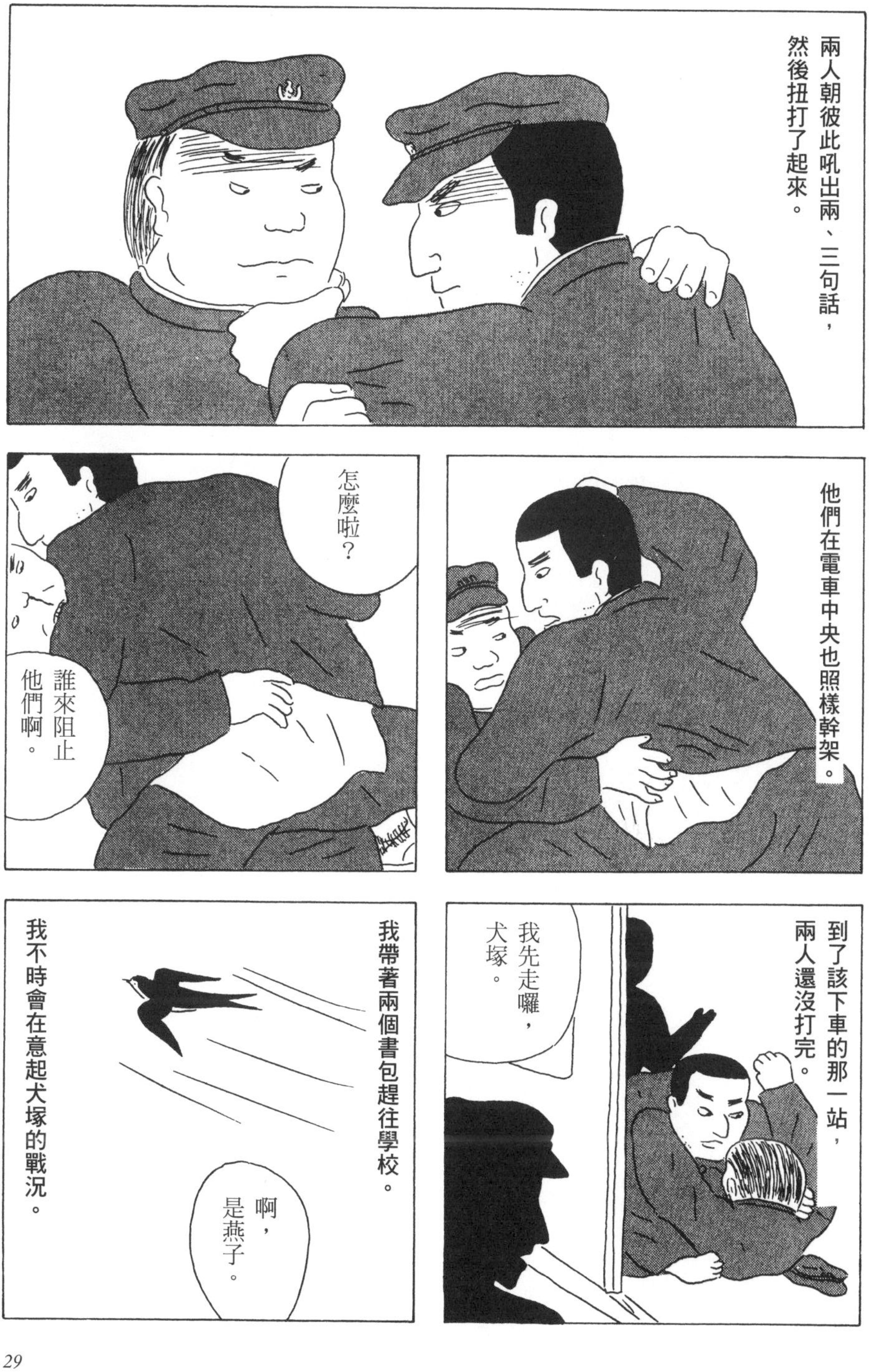
兩人朝彼此吼出兩、三句話，
然後扭打了起來。
他們在電車中央也照樣幹架。
怎麼啦？
誰來阻止
他們啊。
到了該下車的那一站，
兩人還沒打完。
我先走囉，
犬塚。
我帶著兩個書包趕往學校。
啊，
是燕子。
我不時會在意起犬塚的戰況。

午休時，犬塚笑咪咪地跑來了。
唷，小西，剛剛真對不起啊，我打到終點站才搞定。
哎呀，之前比賽時那傢伙踢了我側腹一腳，我才回敬他囉。
犬塚不理解何謂運動。
該日回家搭地鐵時，那個女學生也在車上。
妳是渡邊嗎？
我站的位置靠出口右側車門。
她站的位置靠左側車門。
地下鐵電車在茗荷谷站駛上地面，光線照入車廂。

在西曬的太陽下，後樂園的旋轉木馬
看似慵懶地旋轉著。
當天晚上，我看電視看到一個
年輕歌手在唱歌。
咦，長得很像
她呢。
沒錯，是渡邊友子身穿
白色洋裝在唱歌。
妳是渡邊
嗎？
她如今成了Jerry藤尾氏的老婆。

那一週的週六傍晚，
我去拜訪了女性朋友足田伊都子。

她比我大兩歲，
是美大生，
父親在佃島開鐵工廠。

她的畫室兼住處位於那間工廠的閣樓。
啊，找小姐是吧。
她現在似乎去洗澡囉。哎，馬上就會回來了，等她一下吧。
作業員建議我邊看電視邊等。
我心不在焉地望著畫面。
喔，來了耶，騎兵隊。
就是這個就是這個，這就是西部劇的看頭喔。
大家都看得很投入。
這時，我身後傳來了肥皂味。
小西同學。
啊，晚安，我有點來晚了。

沒關係，我們去畫室吧。
嗯。
啊，接下來有搞笑三人組的節目喔。
他們都是大好人。
妳總是會去錢湯洗澡嗎？
是啊，我很喜歡喔。看其他人的裸體也對學畫有幫助呀。
小心樓梯耶。
好，沒問題的。
哇，真驚人。

怎麼說？
亂到不行。
哎呀，你真失禮呢，來到女生房間突然就嫌亂。

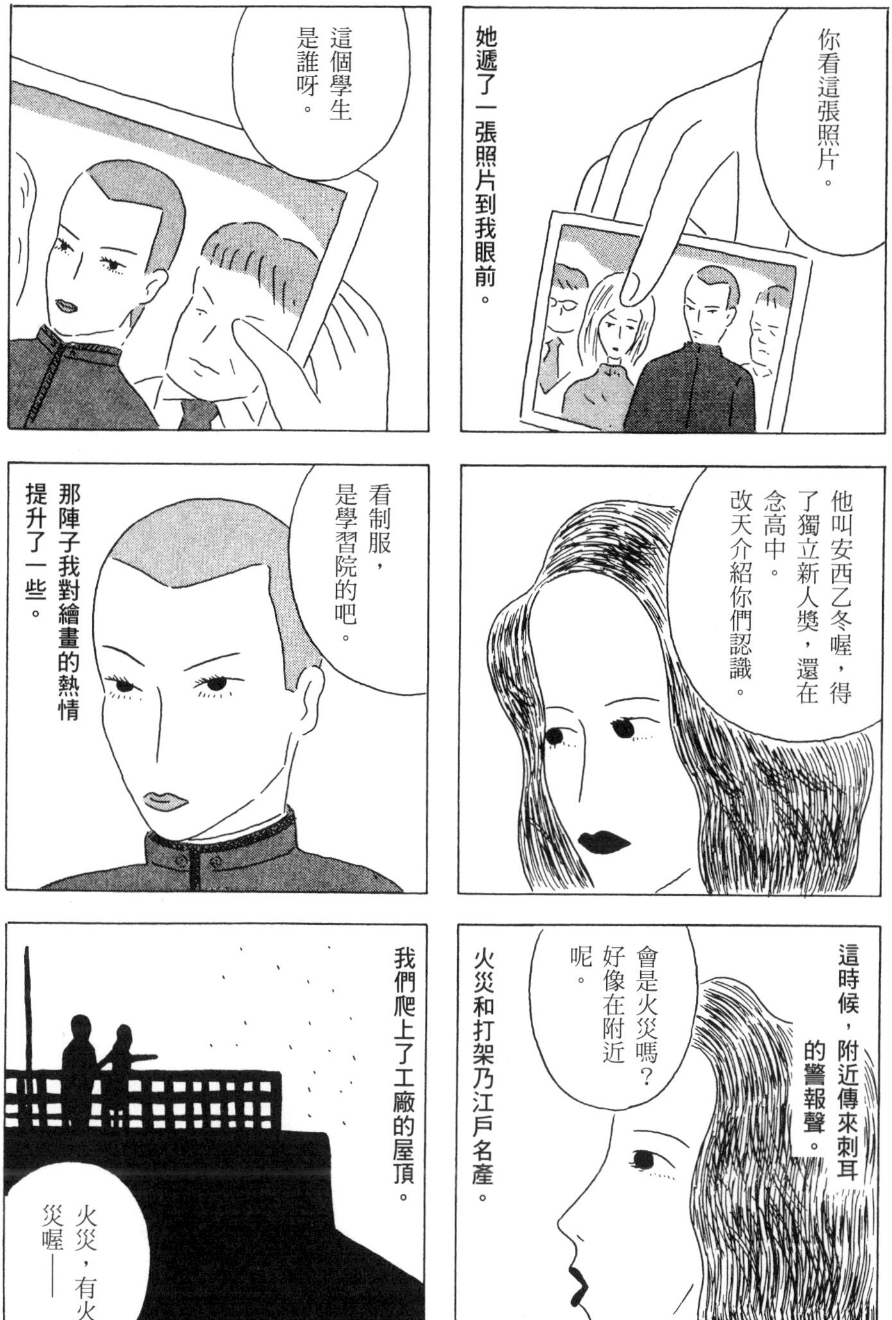
你看這張照片。
她遞了一張照片到我眼前。
這個學生是誰呀。
他叫安西乙冬喔，得了獨立新人獎，還在念高中。改天介紹你們認識。
看制服，是學習院的吧。
那陣子我對繪畫的熱情提升了一些。
這時候，附近傳來刺耳的警報聲。
會是火災嗎？好像在附近呢。
火災和打架乃江戶名產。
我們爬上了工廠的屋頂。
火災，有火災喔——

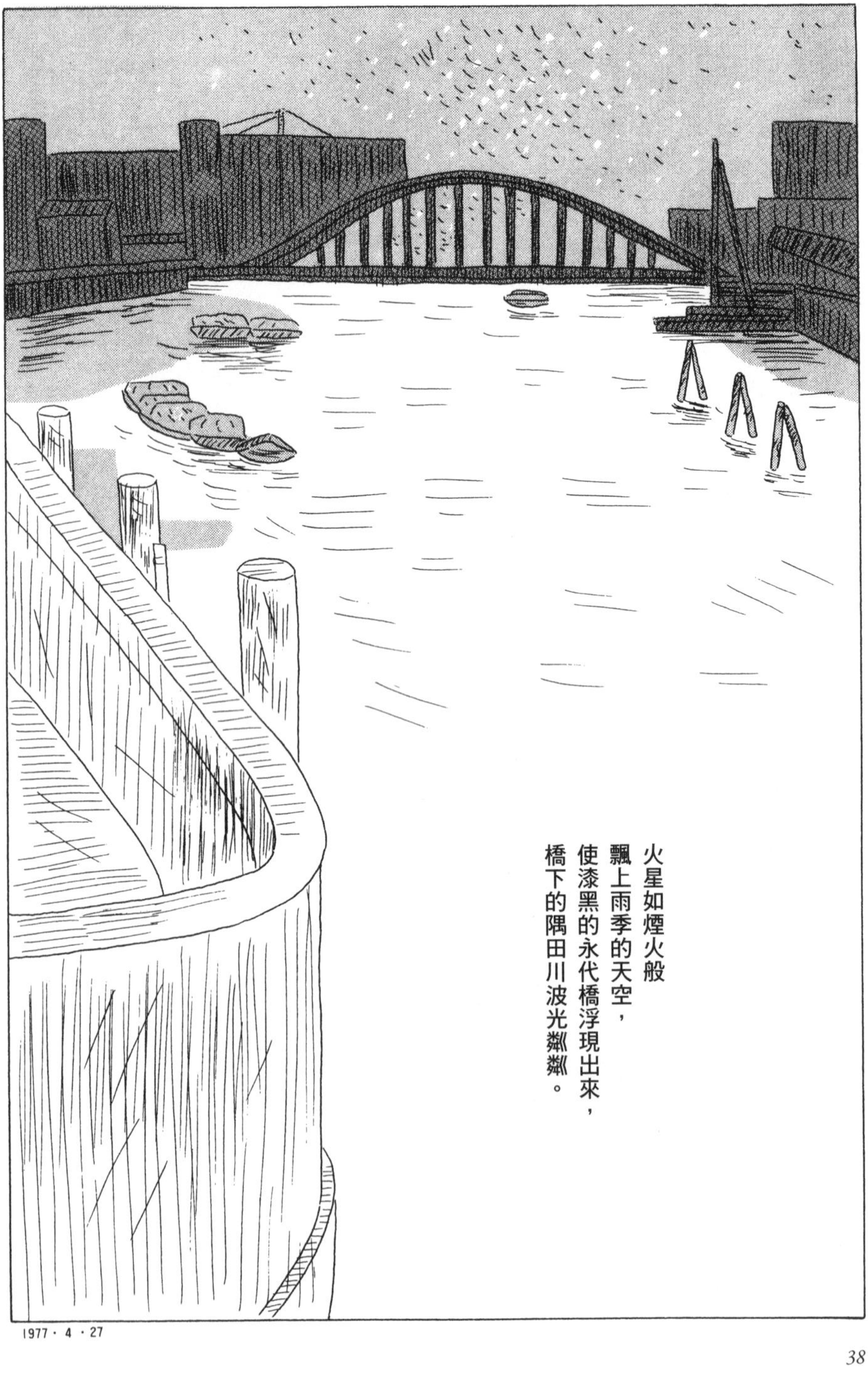
火星如煙火般
飄上雨季的天空，
使漆黑的永代橋浮現出來，
橋下的隅田川波光粼粼。

1977・4・27

# 東京輓歌

❸

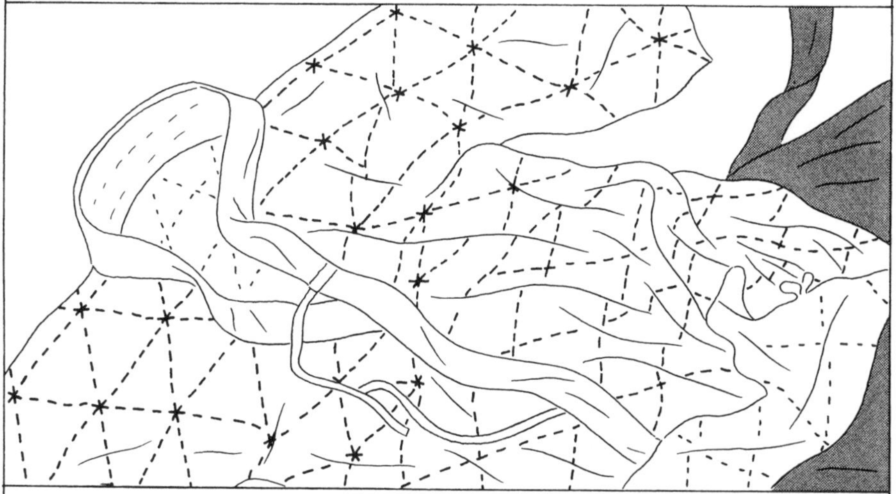

梅雨過後的銀座早晨
發著光，彷彿是透明玻璃紙
包裹的倫敦糖。
雖說如此，夏季色彩一旦變濃，
街道、大樓便會相繼陷入霧中，
像白色棉花糖那樣膨起。

很快地，早晨陽光開始融解那團白色，
路面上拖行的都電聲響
從四面八方傳來。
那就像整齊行進於某個城下町的
花車所伴隨的熱鬧樂音，
忽近又忽遠。

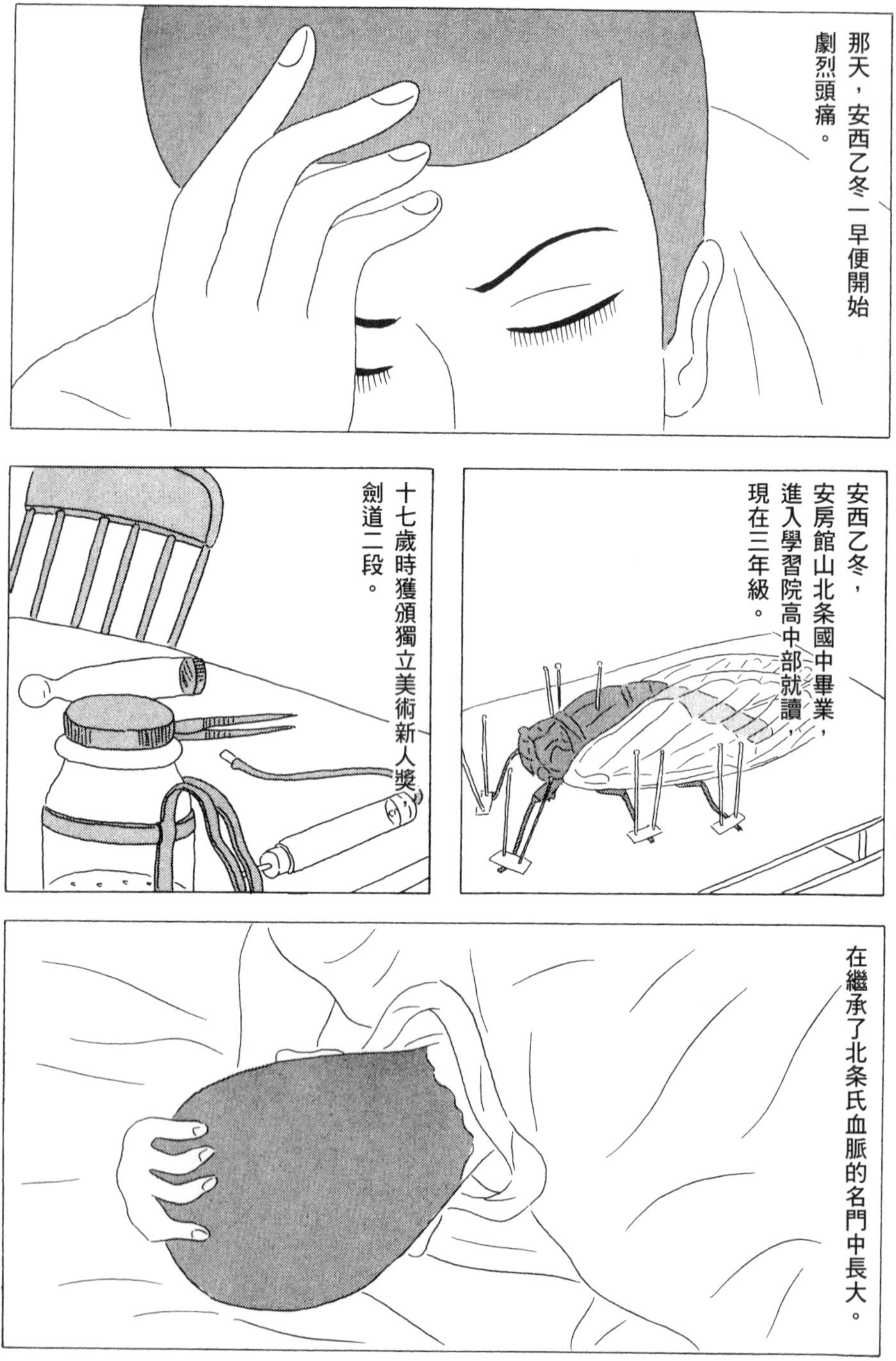
那天，安西乙冬一早便開始劇烈頭痛。
安西乙冬，安房館山北条國中畢業，進入學習院高中部就讀，現在三年級。
十七歲時獲頒獨立美術新人獎，劍道二段。
在繼承了北条氏血脈的名門中長大。

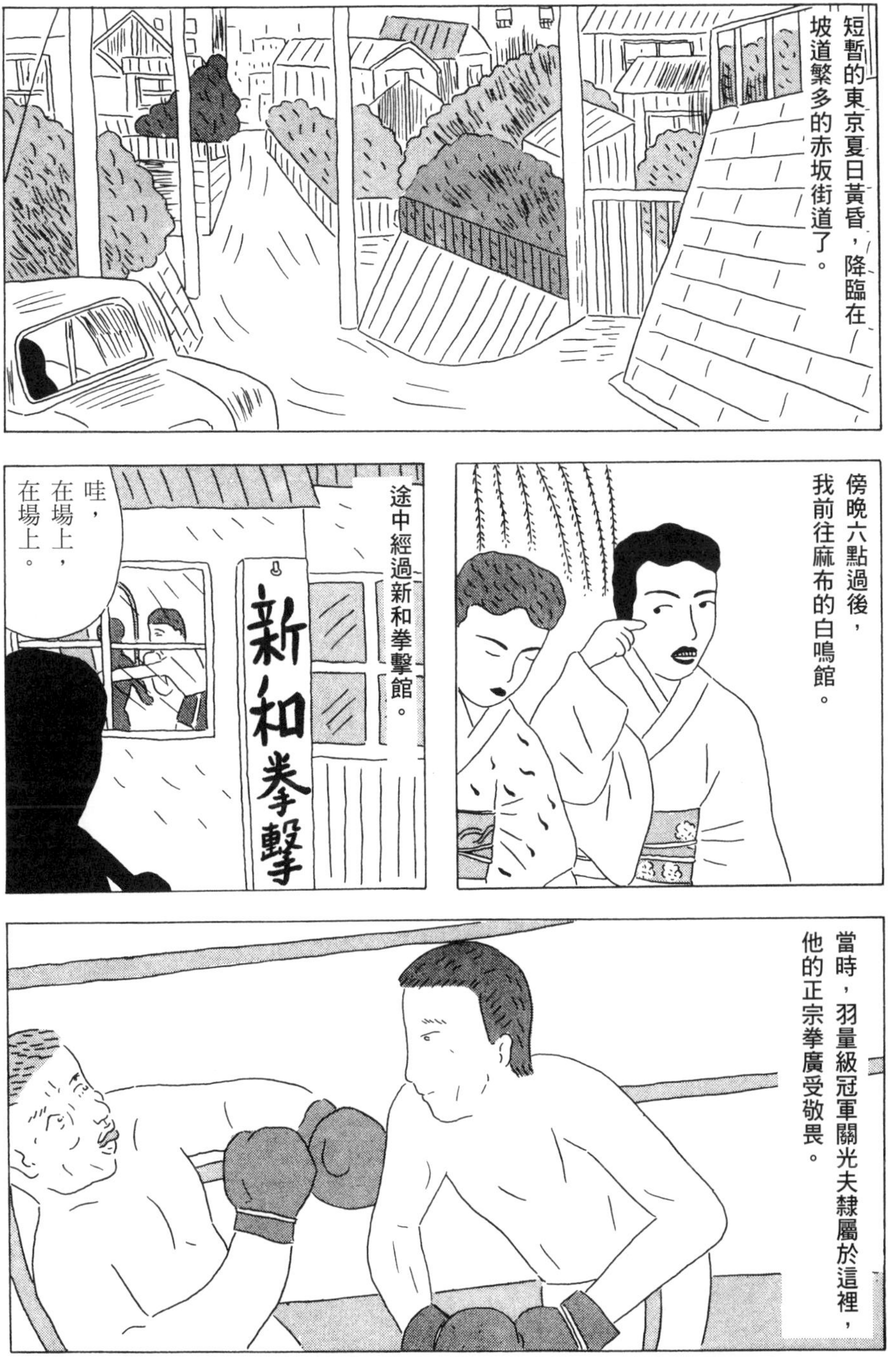

短暫的東京夏日黃昏，降臨在坡道繁多的赤坂街道了。
傍晚六點過後，我前往麻布的白鳴館。
途中經過新和拳擊館。
新和拳擊
哇，在場上，在場上。
當時，羽量級冠軍關光夫隸屬於這裡，他的正宗拳廣受敬畏。

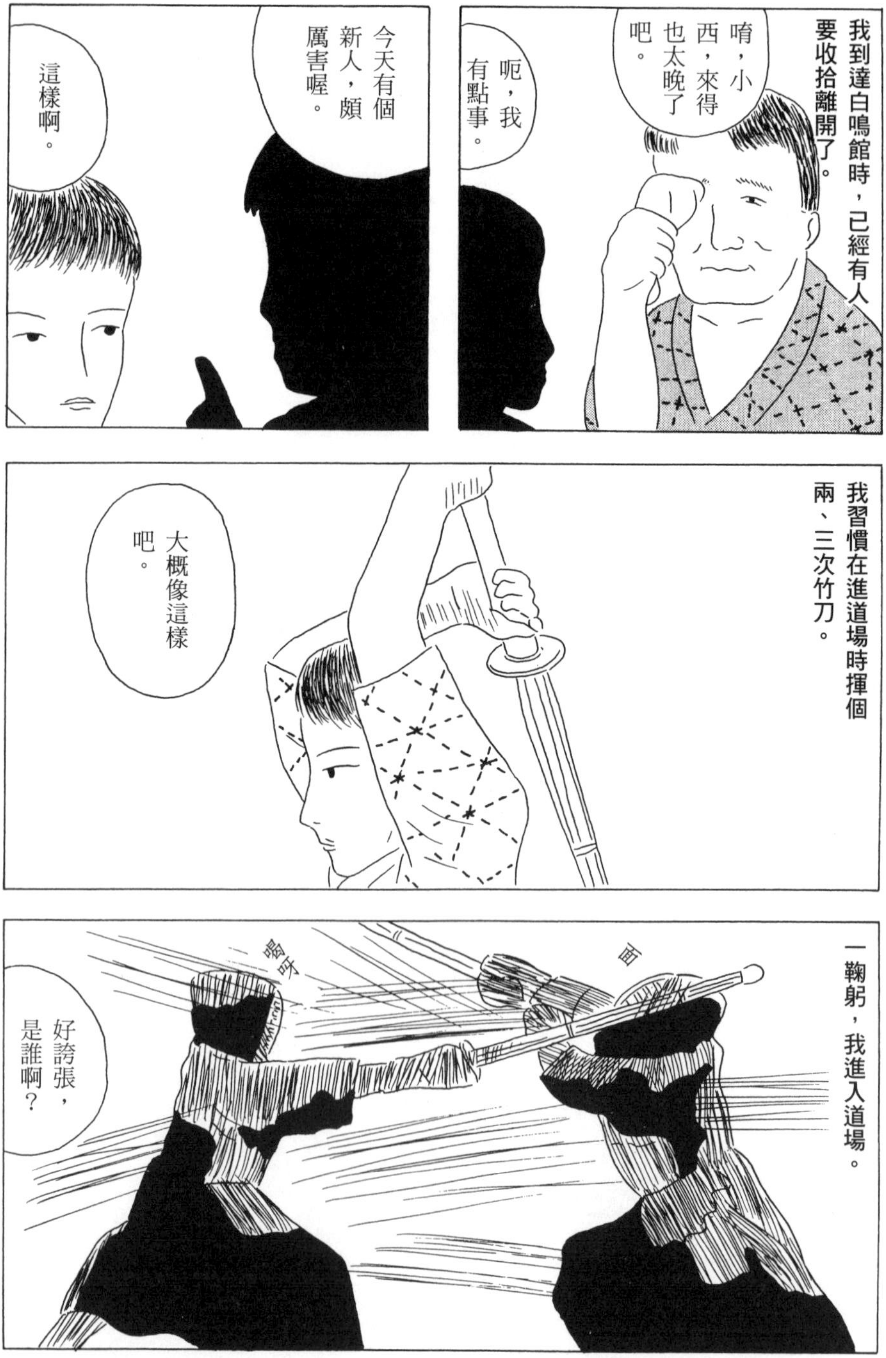
我到達白鳴館時，已經有人要收拾離開了。
唷，小西，來得也太晚了吧。
呃，我有點事。
今天有個新人，頗厲害喔。
這樣啊。
我習慣在進道場時揮個兩、三次竹刀。
大概像這樣吧。
一鞠躬，我進入道場。
面
喝呀
好誇張，是誰啊？

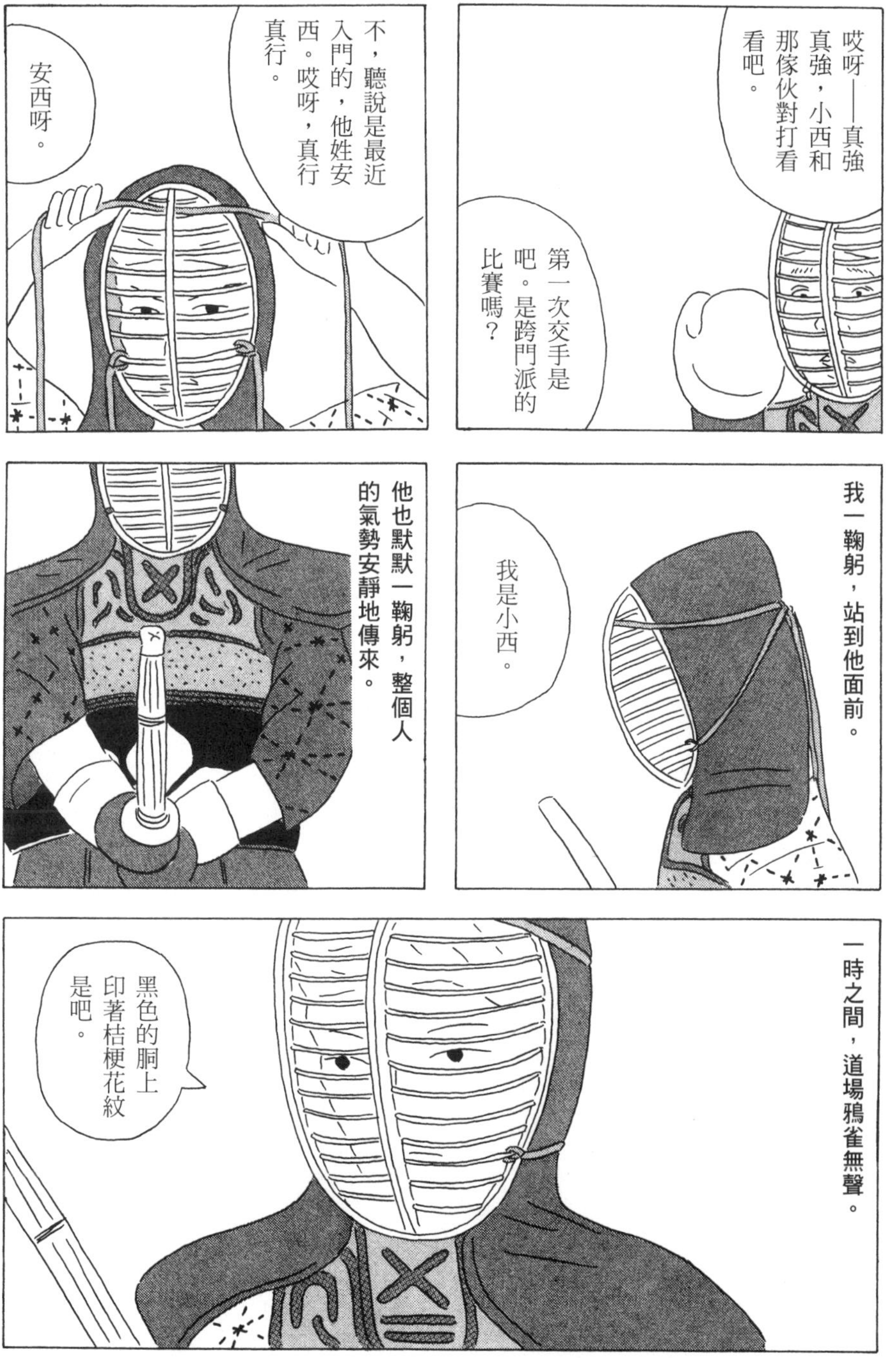
哎呀——真強真強，小西和那傢伙對打看看吧。
第一次交手是吧。是跨門派的比賽嗎？
不，聽說是最近入門的，他姓安西。哎呀，真行真行。
安西呀。
我一鞠躬，站到他面前。
我是小西。
他也默默一鞠躬，整個人的氣勢安靜地傳來。
一時之間，道場鴉雀無聲。
黑色的胴上印著桔梗花紋是吧。

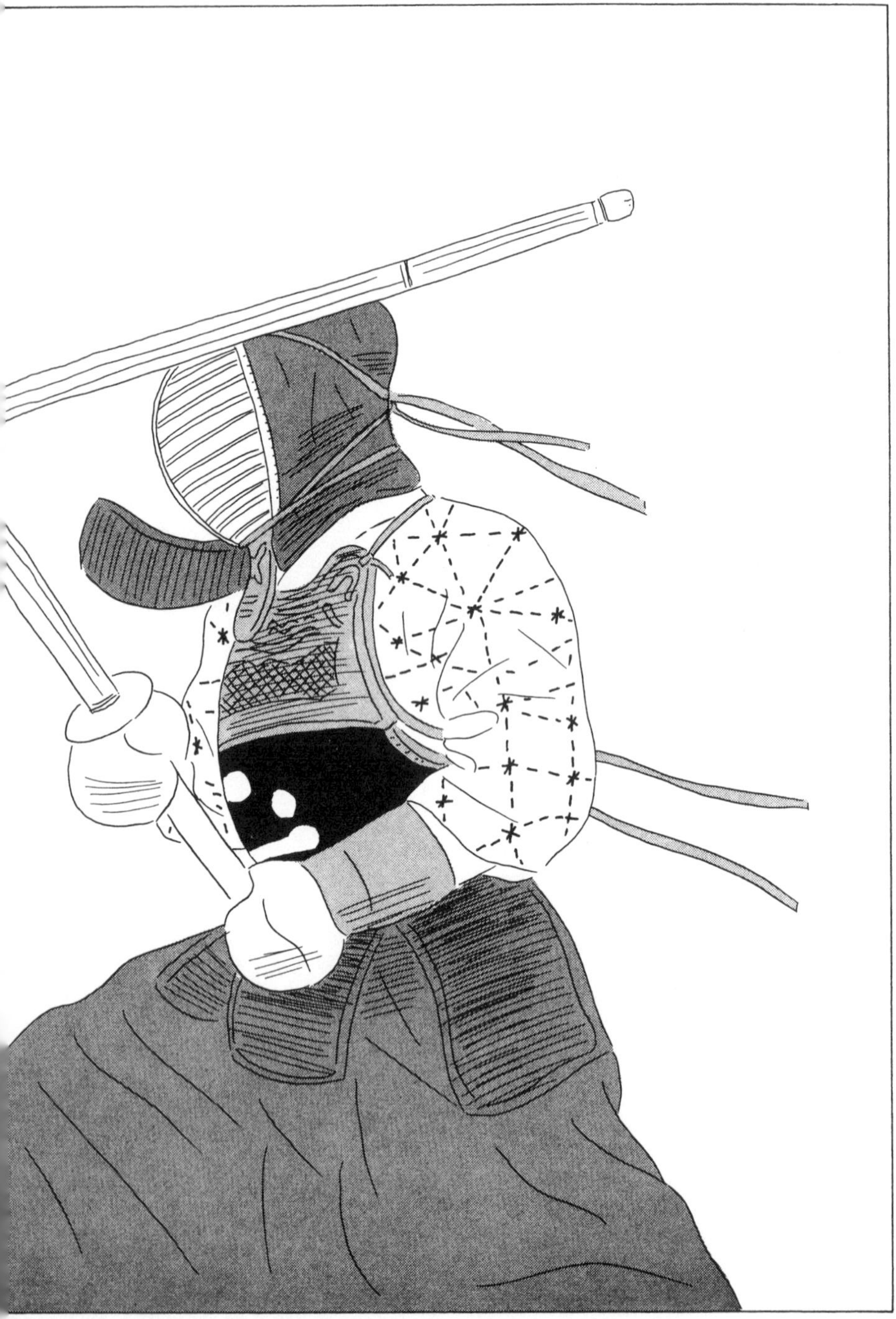

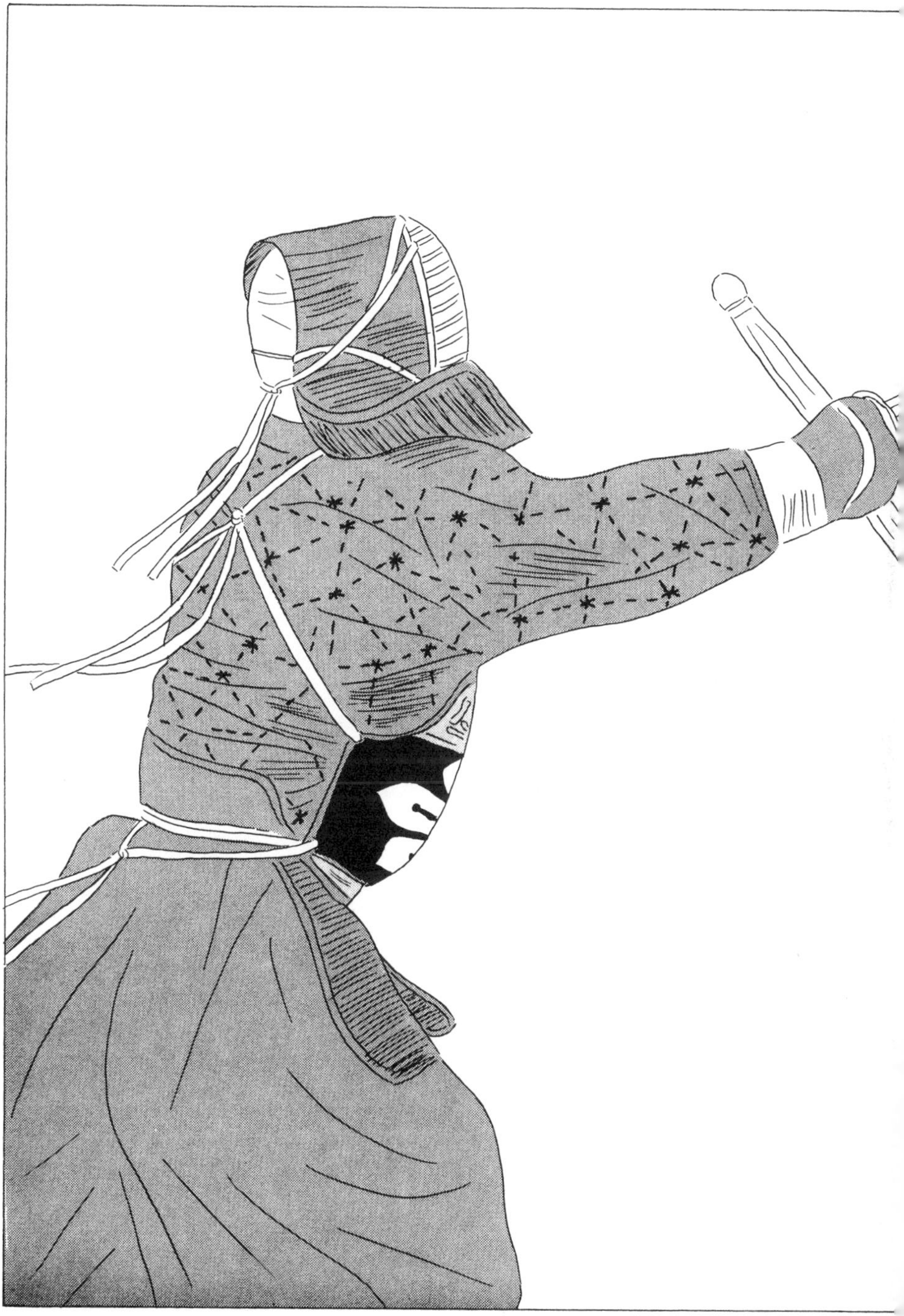

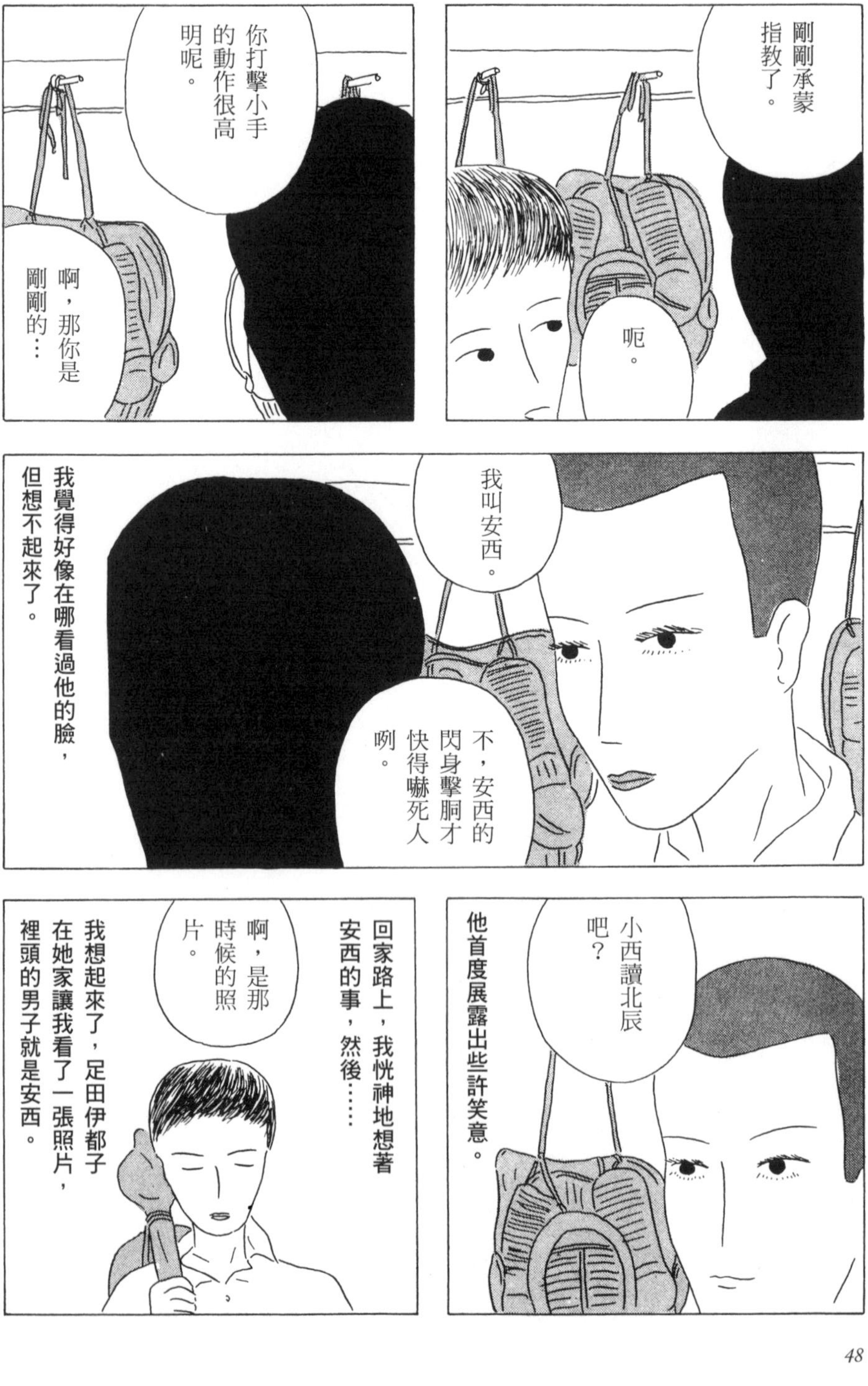
剛剛承蒙指教了。
呃。
你打擊小手的動作很高明呢。
啊，那你是剛剛的…
我叫安西。
不，安西的閃身擊胴才快得嚇死人咧。
我覺得好像在哪看過他的臉，但想不起來了。
小西讀北辰吧？
他首度展露出些許笑意。
回家路上，我恍神地想著安西的事，然後……
啊，是那時候的照片。
我想起來了，足田伊都子在她家讓我看了一張照片，裡頭的男子就是安西。

夜裡，南千住的右京勝行來電。
唷，右京，怎麼啦？
他閒聊了一陣子之後……
欸，我家附近有間全是女人的理髮廳喔。
是喔——全是女人的理髮廳是什麼意思？
簡單說，弄頭髮的人全都是女的啦。
他還補了一句，都是漂亮小姐。
這禮拜六如何？一起去那間理髮廳吧，很棒喔——
嗯，那就去吧，真的真的。
我也真愛搜奇。

我有一陣子沒來右京家了。
小西，你都怎麼拿定期車票啊？
咦？
我會這樣拿，稍微斜斜的比較帥吧。
是呀。
我都是這樣拿。
可是啊，像這樣子轉個方向會比較受女孩子歡迎吧，我是這樣想啦。
這種無聊的事情，我們聊了一個多小時。
呃，我去一下廁所。
你不知道在哪吧？路底那間酒吧的旁邊喔。
啊，我知道啊。

廁所裡有各種塗鴉。
這應該是右京的字吧。
順帶一提，右京勝行精選三大塗鴉：
一、我身入人身，划起船來，便能嘗到佛祖也不知曉的天國滋味
一、連牛頓也注意不到自己的落體。
一、好想搞
我推門打算出去。
咦？這門壞了嗎？
門沉甸甸的，彷彿有誰壓著。
喂，右京，你沒在壓門吧？
我試著出聲，但沒有任何人回答我。
我使盡全力頂開門。
啊。

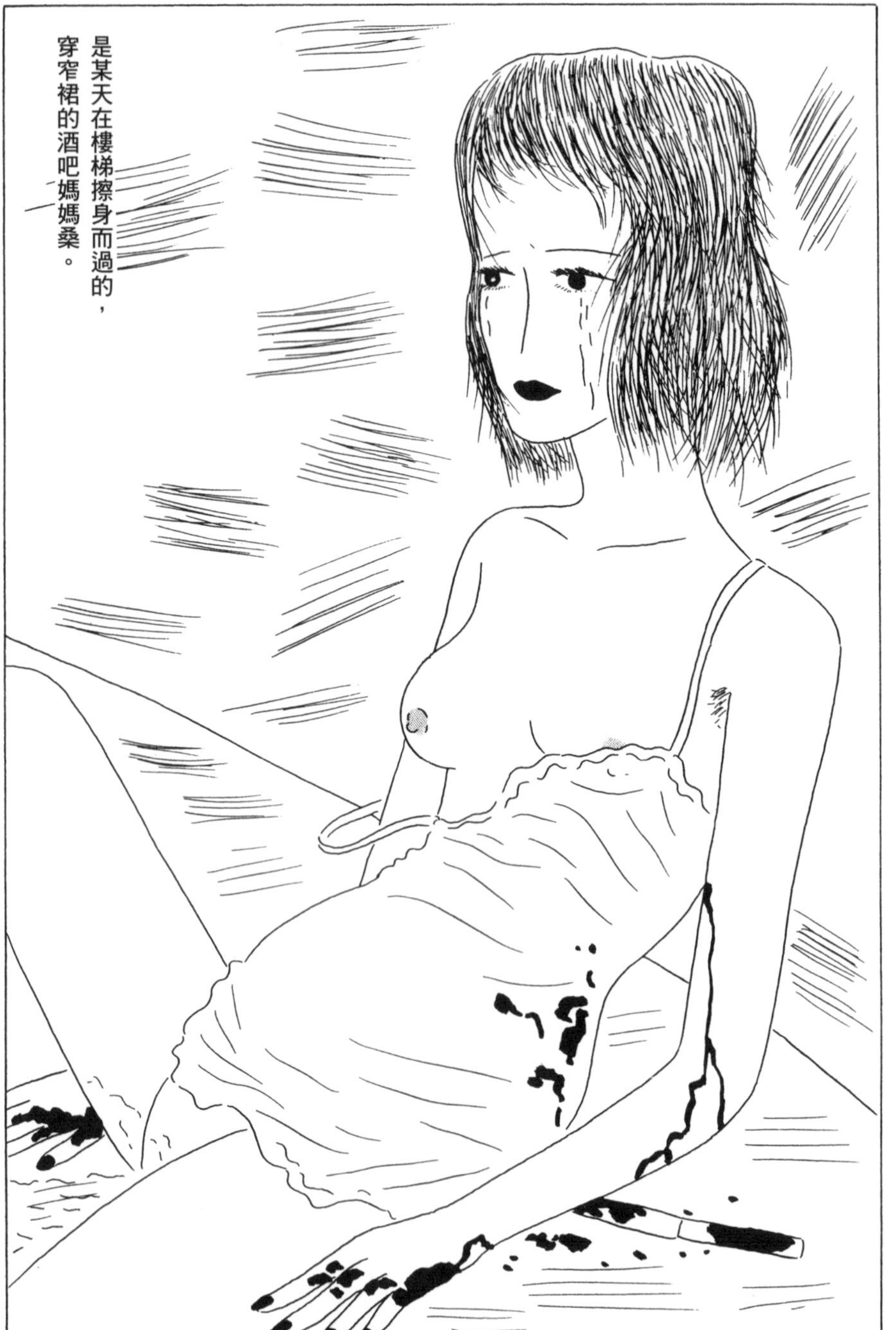
是某天在樓梯擦身而過的，
穿窄裙的酒吧媽媽桑。

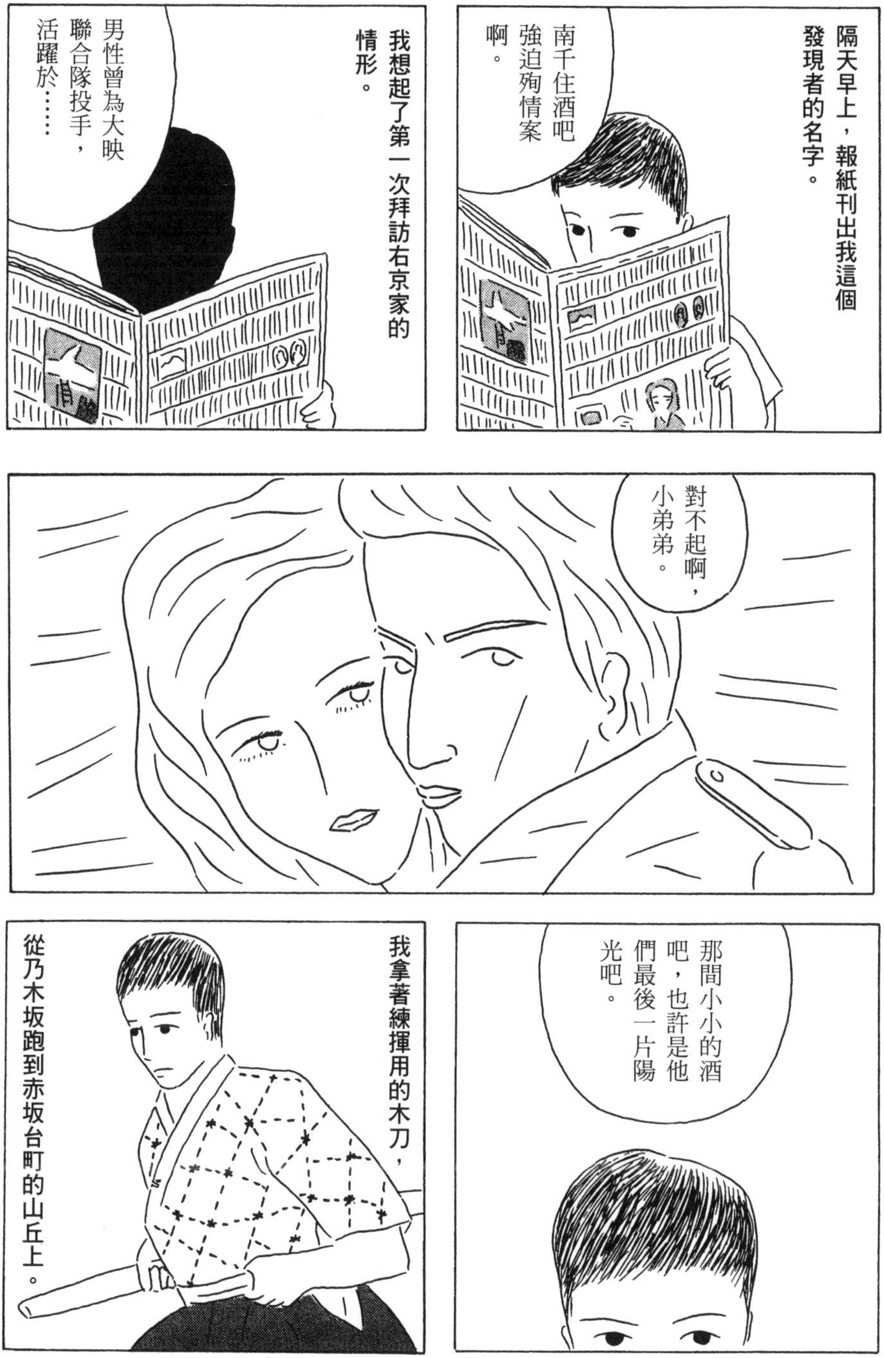
隔天早上，報紙刊出我這個發現者的名字。
南千住酒吧強迫殉情案啊。
我想起了第一次拜訪右京家的情形。
男性曾為大映聯合隊投手，活躍於……
對不起啊，小弟弟。
那間小小的酒吧，也許是他們最後一片陽光吧。
我拿著練揮用的木刀，
從乃木坂跑到赤坂台町的山丘上。

從我喜歡的這座小丘望去，
坡道繁多的赤坂街道
如立體派繪畫般延展開來。
剛蓋好沒多久的
東京鐵塔
身穿鮮豔的紅白條紋衣，
立於前方。

1977・6・3

# 東京輓歌 ❹

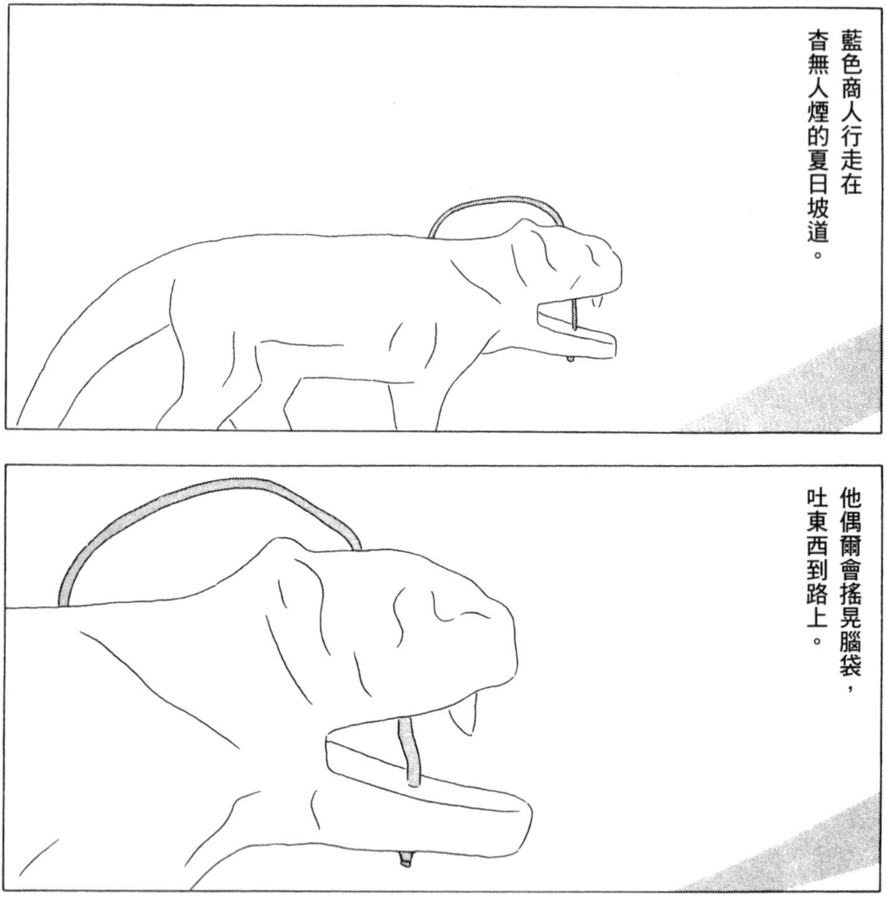
藍色商人行走在
杳無人煙的夏日坡道。
他偶爾會搖晃腦袋，
吐東西到路上。
那是味道還很酸的
夏日樹籽。

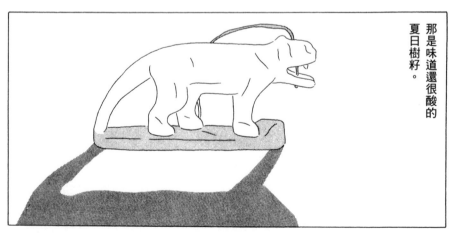

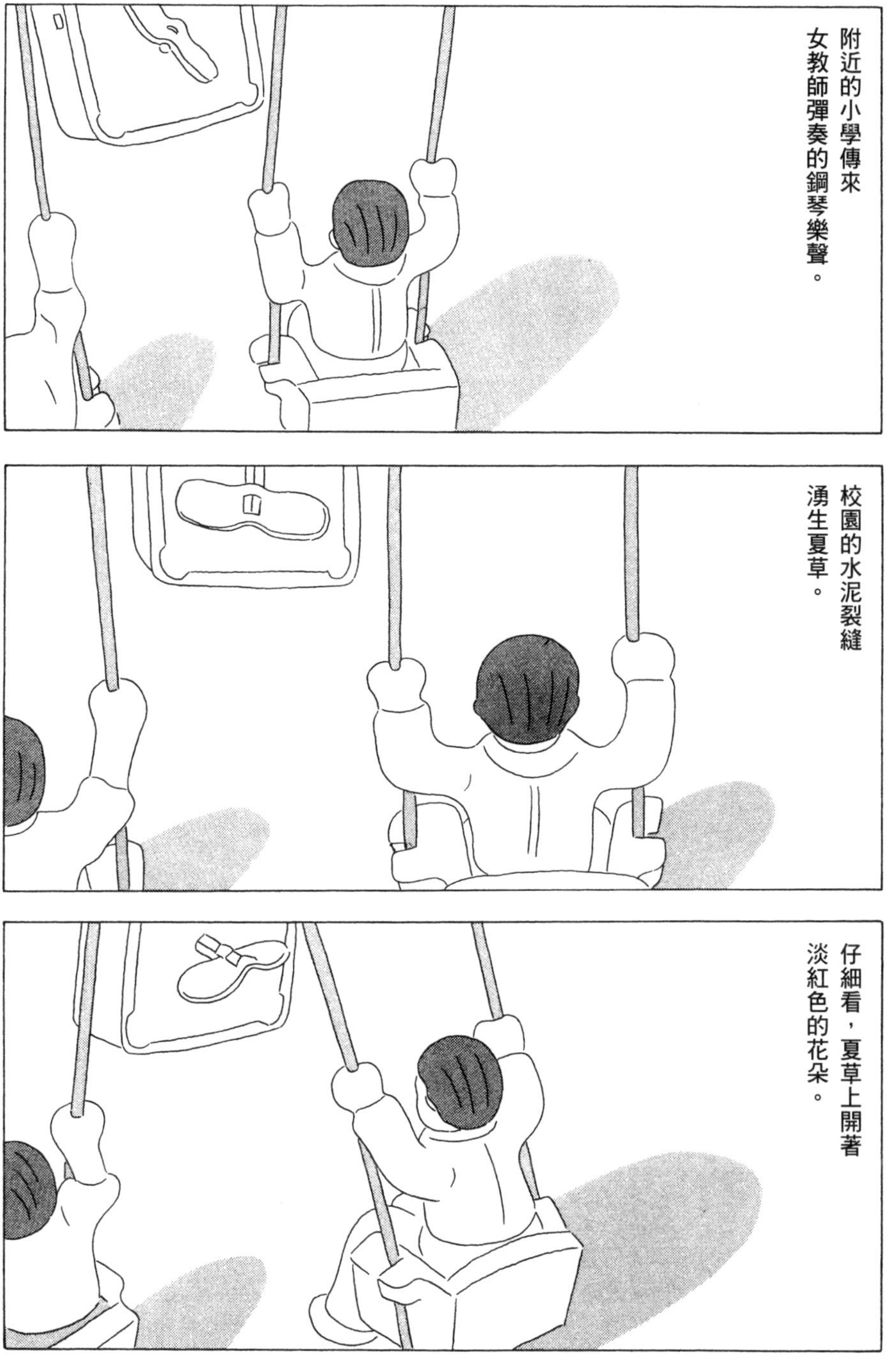
附近的小學傳來
女教師彈奏的鋼琴樂聲。
校園的水泥裂縫
湧生夏草。
仔細看，夏草上開著
淡紅色的花朵。

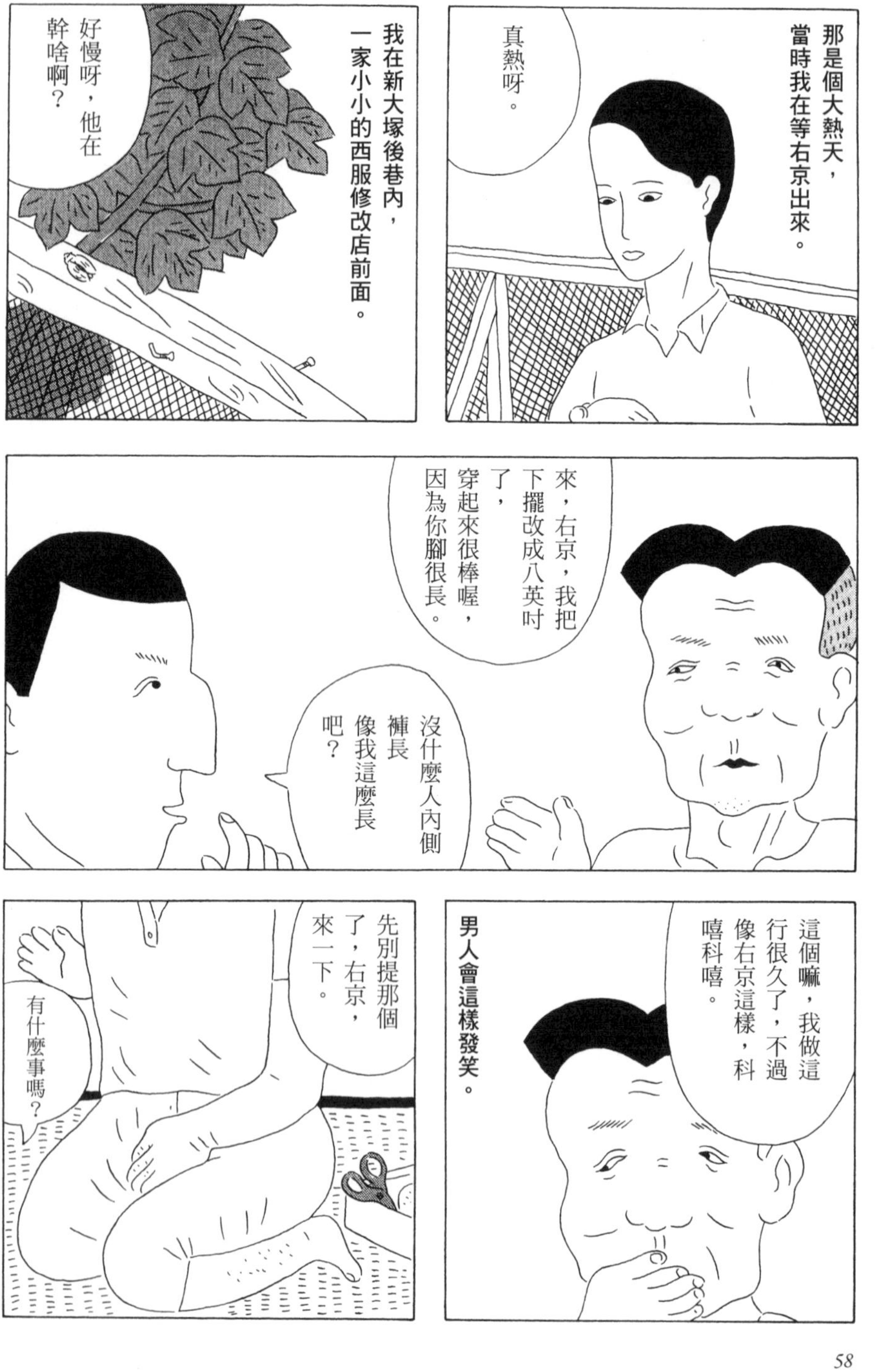
那是個大熱天，當時我在等右京出來。
真熱呀。
我在新大塚後巷內，一家小小的西服修改店前面。
好慢呀，他在幹啥啊？
來，右京，我把下擺改成八英吋了，穿起來很棒喔，因為你腳很長。
沒什麼人內側褲長像我這麼長吧？
這個嘛，我做這行很久了，不過像右京這樣，科嘻科嘻。
男人會這樣發笑。
先別提那個了，右京，來一下。
有什麼事嗎？

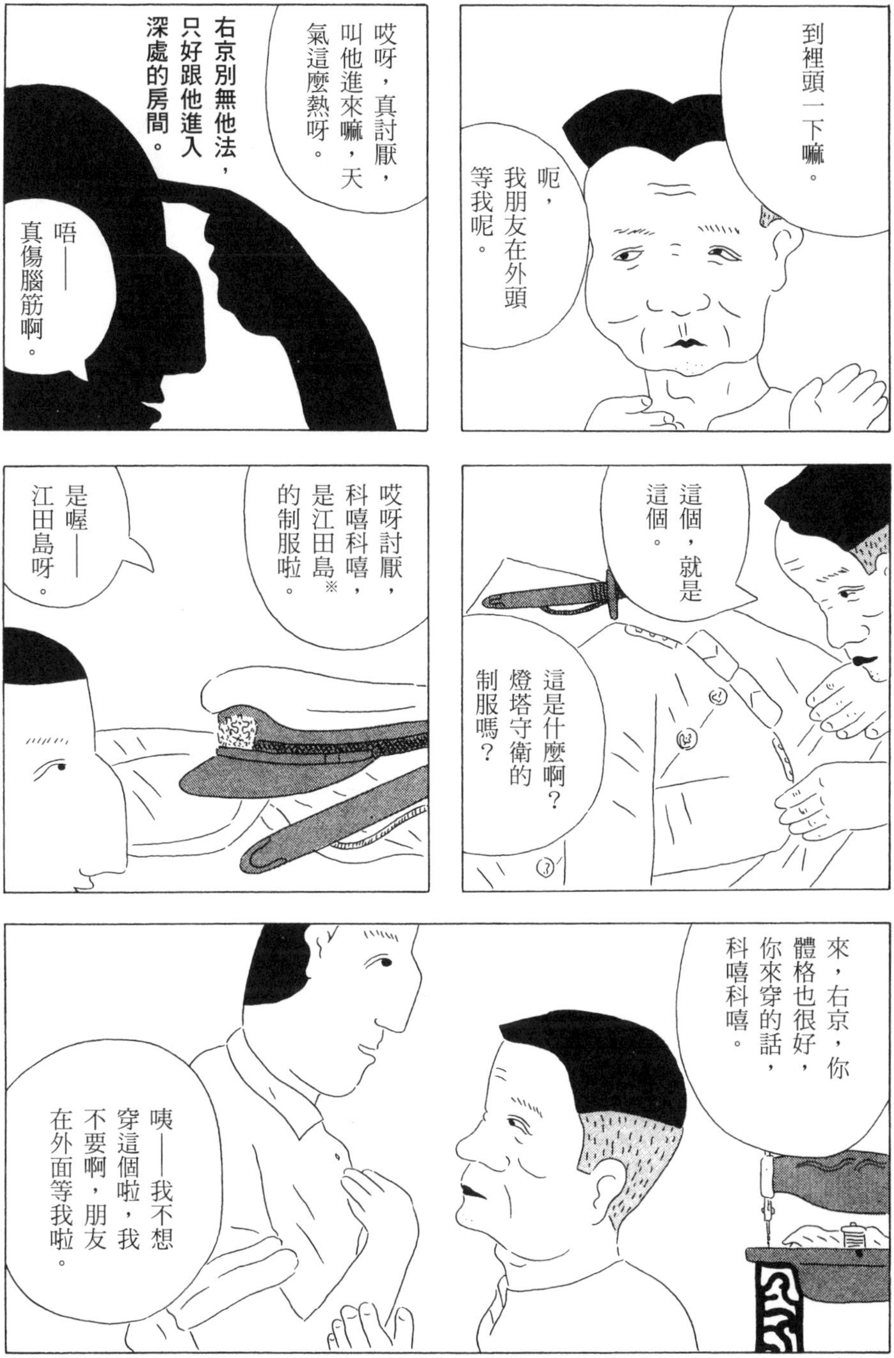


※廣島縣江田島市內設有海軍學校和基地。

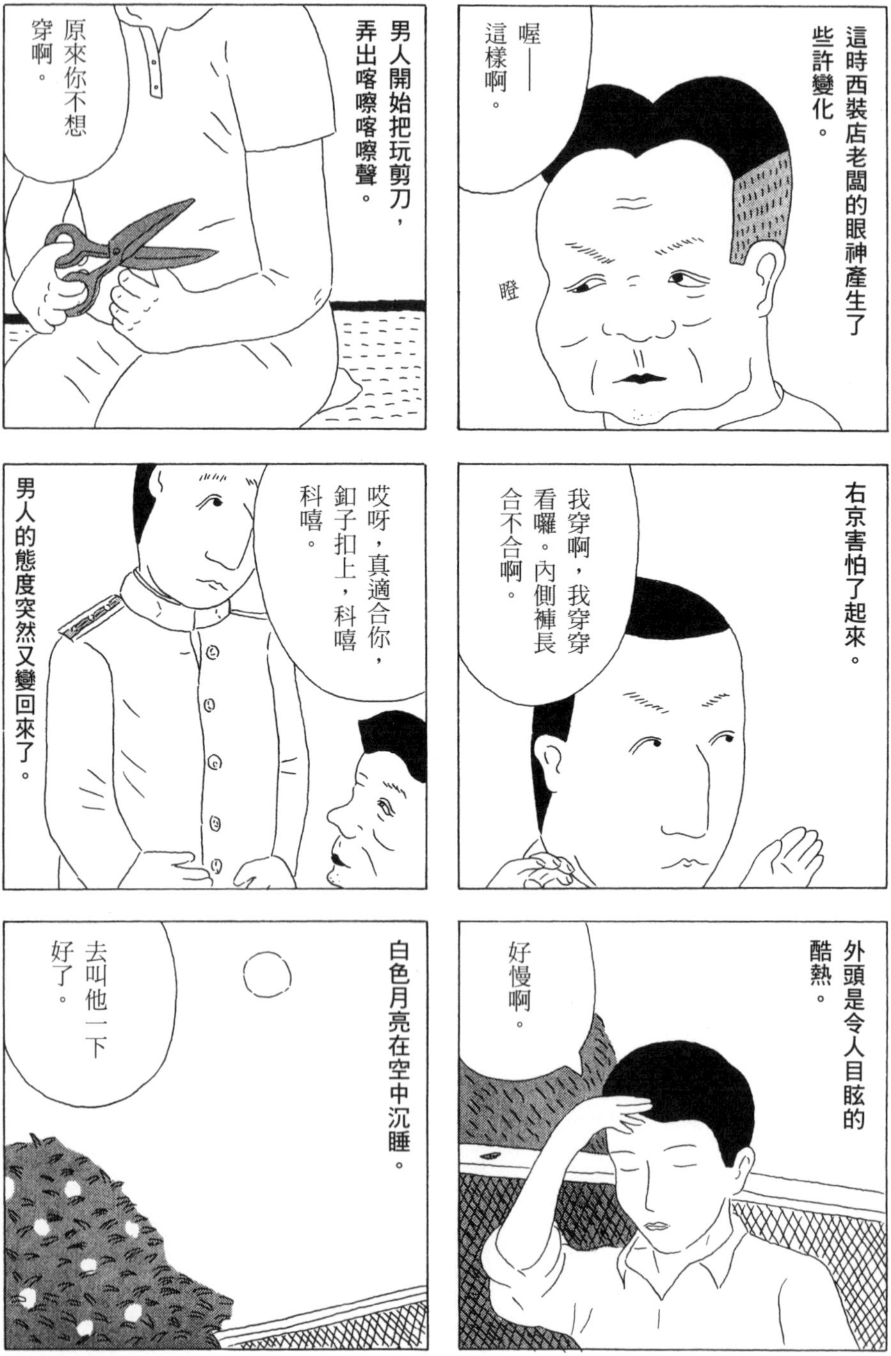
這時西裝店老闆的眼神產生了些許變化。
喔——這樣啊。
瞪
男人開始把玩剪刀，弄出喀嚓喀嚓聲。
原來你不想穿啊。
右京害怕了起來。
我穿啊，我穿穿看囉。內側褲長合不合啊。
哎呀，真適合你，鈕子扣上，科嘻科嘻。
男人的態度突然又變回來了。
外頭是令人目眩的酷熱。
好慢啊。
白色月亮在空中沉睡。
去叫他一下好了。

哎呀哎呀，真不錯，你敬個禮來看看吧。
怎麼做呢？
就像電影常看到的那樣啊，喏，這樣，哇真棒呀科嘻。
這樣嗎？
我悄悄打開了玄關門。
不好意思。
右京。咦？沒半個人在。
玄關沒有任何人。
我心想，小心打開深處的紙門好了。
打擾了，西服店老闆，我這邊……
我說到一半就無言了。
這到底是怎樣啊。

夏季房間內，
夏綠蟲飛舞著。

幾個小時後，我們來到池袋的丸物百貨屋頂。
那個男人很怪呢。
那種人就叫愛好男色吧。
愛好男色是什麼？
店內播放著保羅・安卡的〈瘋狂的愛〉。
真熱耶。
嗯，進去屋內吧。
放暑假後要不要去淺草看看啊？
有好玩的地方嗎？
是啊，有各種樂子喔。
地下鐵
銀座方面乘車處
再見，我會打給你喔。
我們在那裡道別了。

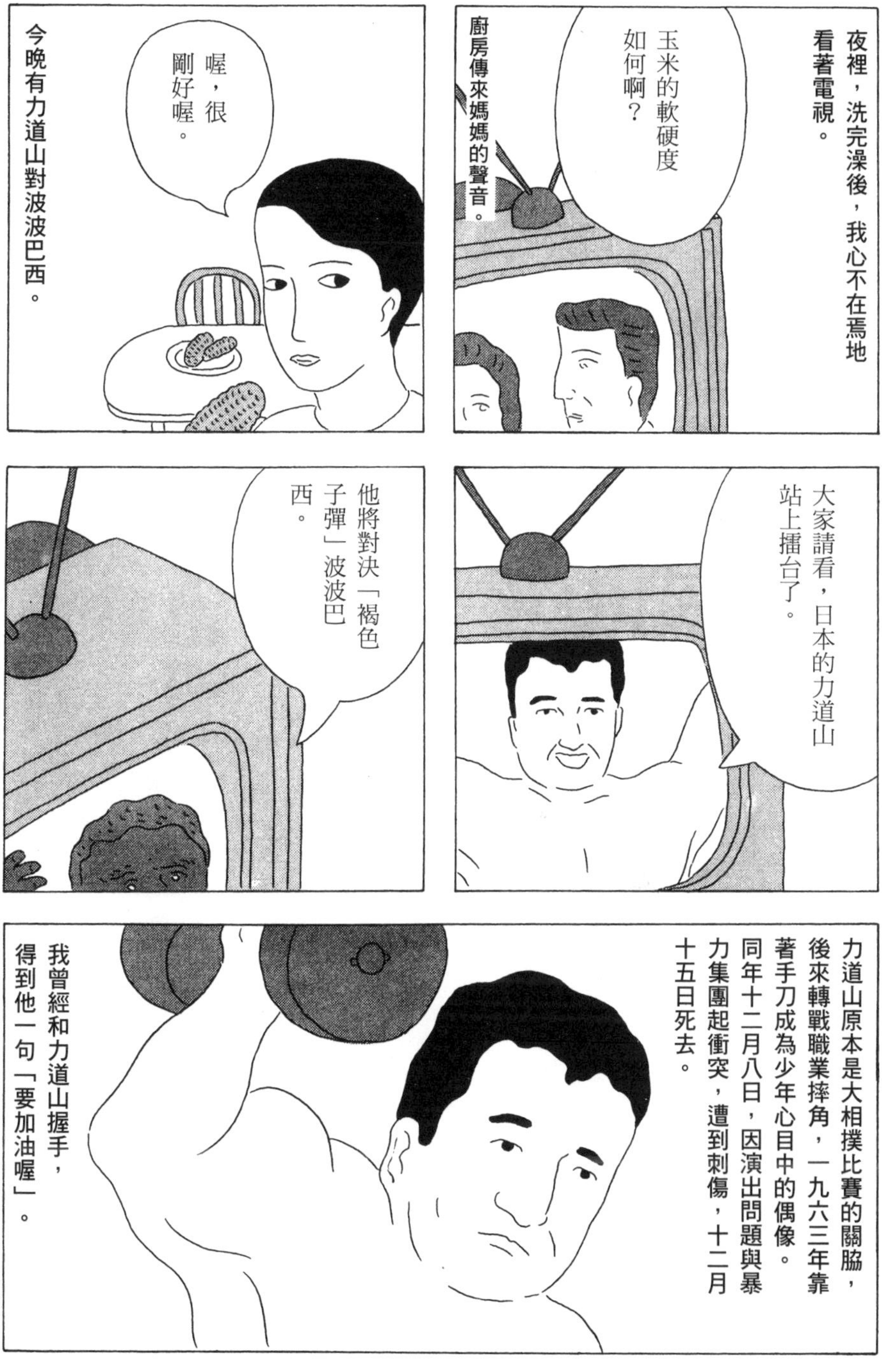
夜裡，洗完澡後，我心不在焉地看著電視。
玉米的軟硬度如何啊？
廚房傳來媽媽的聲音。
喔，很剛好喔。
今晚有力道山對波波巴西。
大家請看，日本的力道山站上擂台了。
他將對決「褐色子彈」波波巴西。
力道山原本是大相撲比賽的關脇，後來轉戰職業摔角，一九六三年靠著手刀成為少年心目中的偶像。同年十二月八日，因演出問題與暴力集團起衝突，遭到刺傷，十二月十五日死去。
我曾經和力道山握手，得到他一句「要加油喔」。

那天早上下著小雨。
不知會不會下一整天呢。
小西
雨在將近中午時停了。我和右京約在淺草松屋前面碰面。
好像會變熱呢。
右京穿著花俏的夏威夷衫現身了。
唷，久等了。我這樣感覺如何？
很不賴嘛，像貓王似的。
我們從仲見世轉進花屋敷通。
要不要去明星照片店看看。
花屋敷
貓王內側褲長不知多少咧。
這一帶有成排的小小古物店。
來來來，便宜喔，便宜喔。
彈珠汽水

接下來呢？要去安可劇場看看嗎？
在播什麼啊？
《火焰中的迦太基》和《海盜》兩片連播吧。
兩片啊，看完會很累吧。
這時，右京用手指戳了一下我的背。
欸欸欸。
怎麼啦？
這個，這個，我們去這個吧。
那是一個珍奇物小屋風的劇場，位於花屋敷通左側。
來來來，即將開演囉。現身的將是絕世美女，皮膚白皙剔透，白魚般的手指纏繞於腰帶，啊，飄呀飄，飄呀飄。
喇叭傳出以上讚頌之詞，招攬著客人。

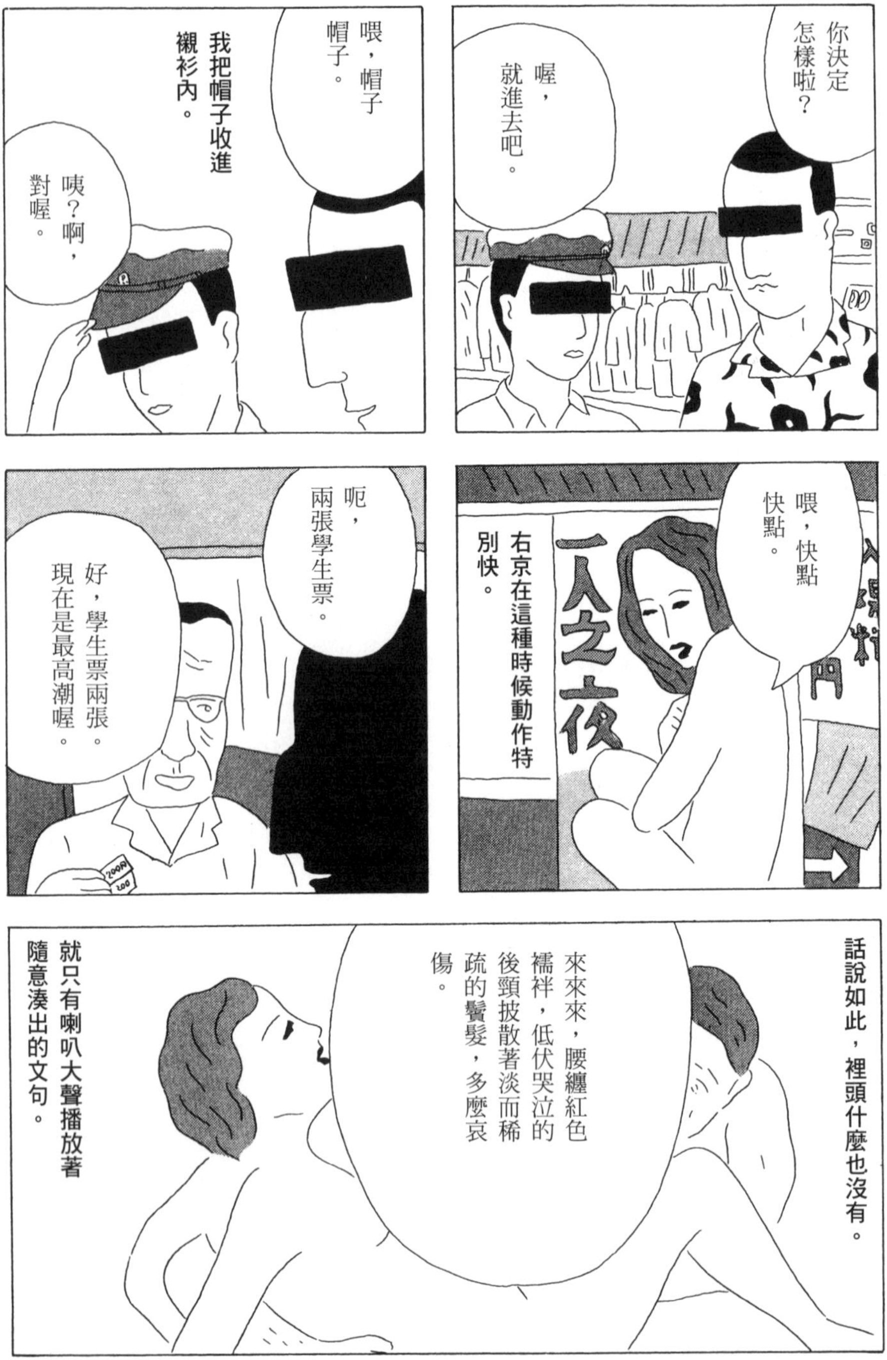
你決定怎樣啦？
喔，就進去吧。
喂，帽子帽子。
我把帽子收進襯衫內。
咦？啊，對喔。
喂，快點快點。
右京在這種時候動作特別快。
一人之夜
呃，兩張學生票。
好，學生票兩張。現在是最高潮喔。
話說如此，裡頭什麼也沒有。
來來來，腰纏紅色襦袢，低伏哭泣的後頸披散著淡而稀疏的鬢髮，多麼哀傷。
就只有喇叭大聲播放著隨意湊出的文句。

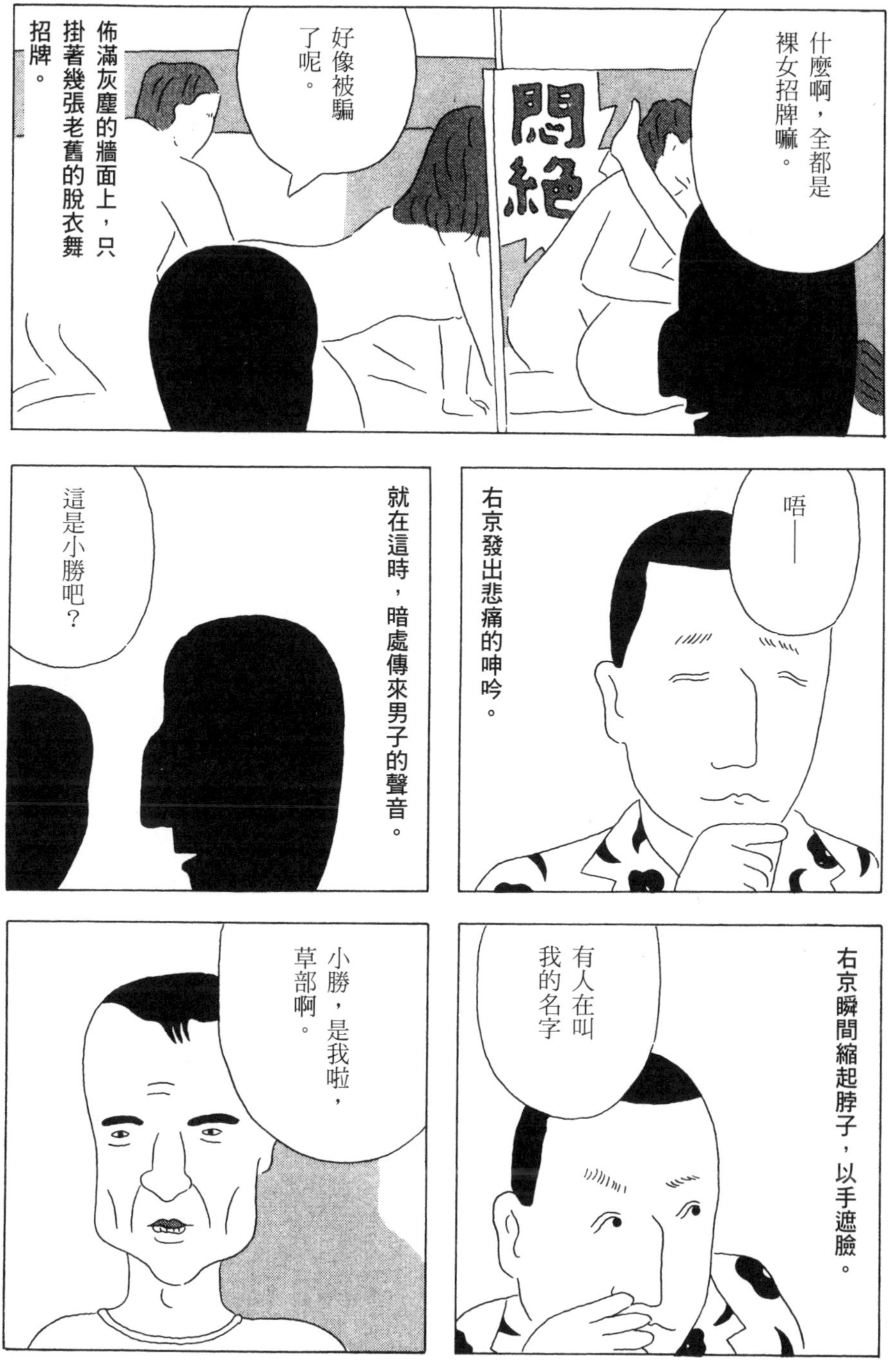
什麼啊，全都是裸女招牌嘛。
悶絶
好像被騙了呢。
佈滿灰塵的牆面上，只掛著幾張老舊的脫衣舞招牌。
唔——
右京發出悲痛的呻吟。
就在這時，暗處傳來男子的聲音。
這是小勝吧？
右京瞬間縮起脖子，以手遮臉。
有人在叫我的名字
小勝，是我啦，草部啊。

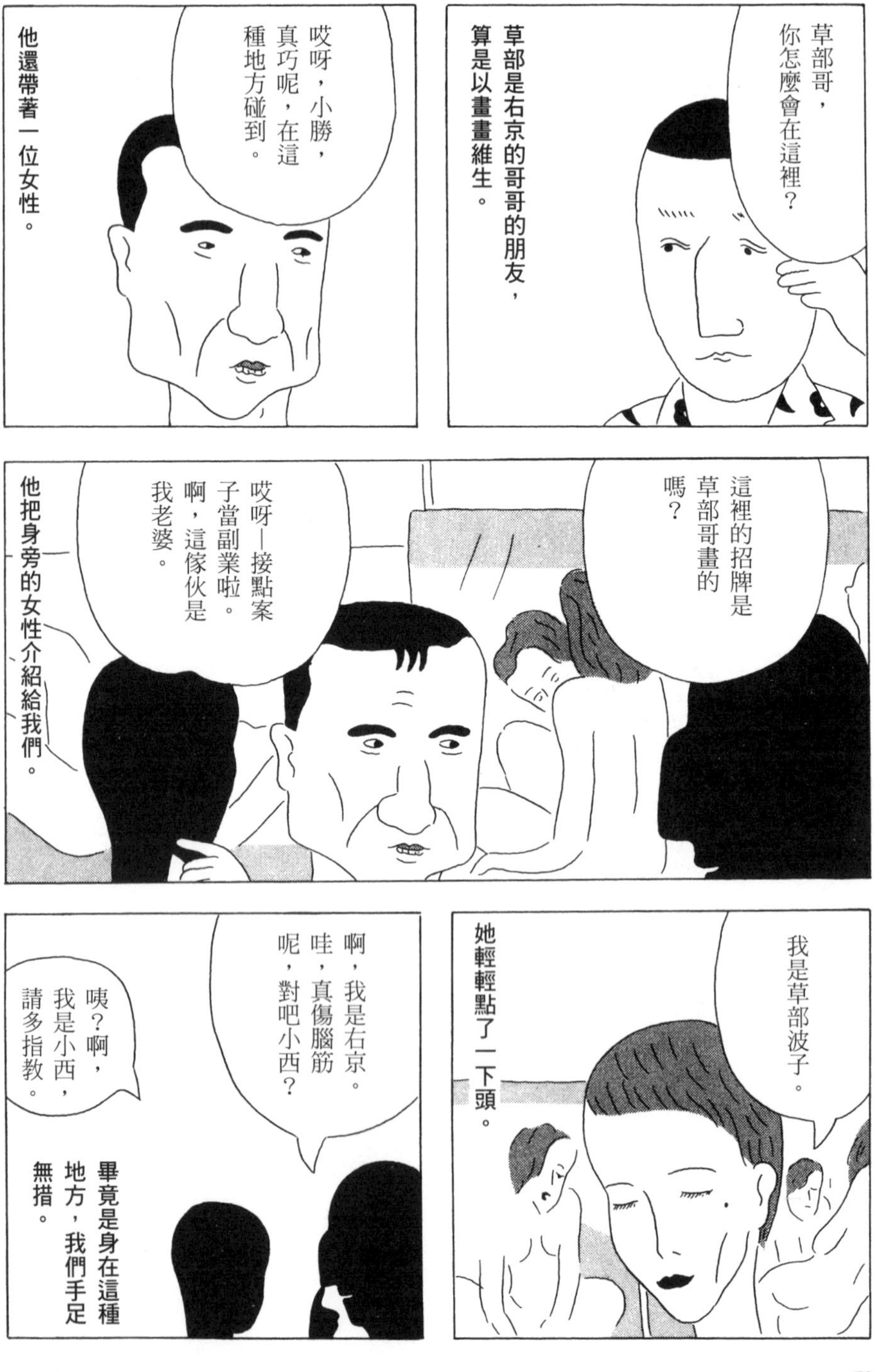
草部哥，你怎麼會在這裡？
草部是右京的哥哥的朋友，算是以畫畫維生。
哎呀，小勝，真巧呢，在這種地方碰到。
他還帶著一位女性。
這裡的招牌是草部哥畫的嗎？
哎呀—接點案子當副業啦。啊，這傢伙是我老婆。
他把身旁的女性介紹給我們。
我是草部波子。
她輕輕點了一下頭。
啊，我是右京。哇，真傷腦筋呢，對吧小西？
咦？啊，我是小西，請多指教。
畢竟是身在這種地方，我們手足無措。

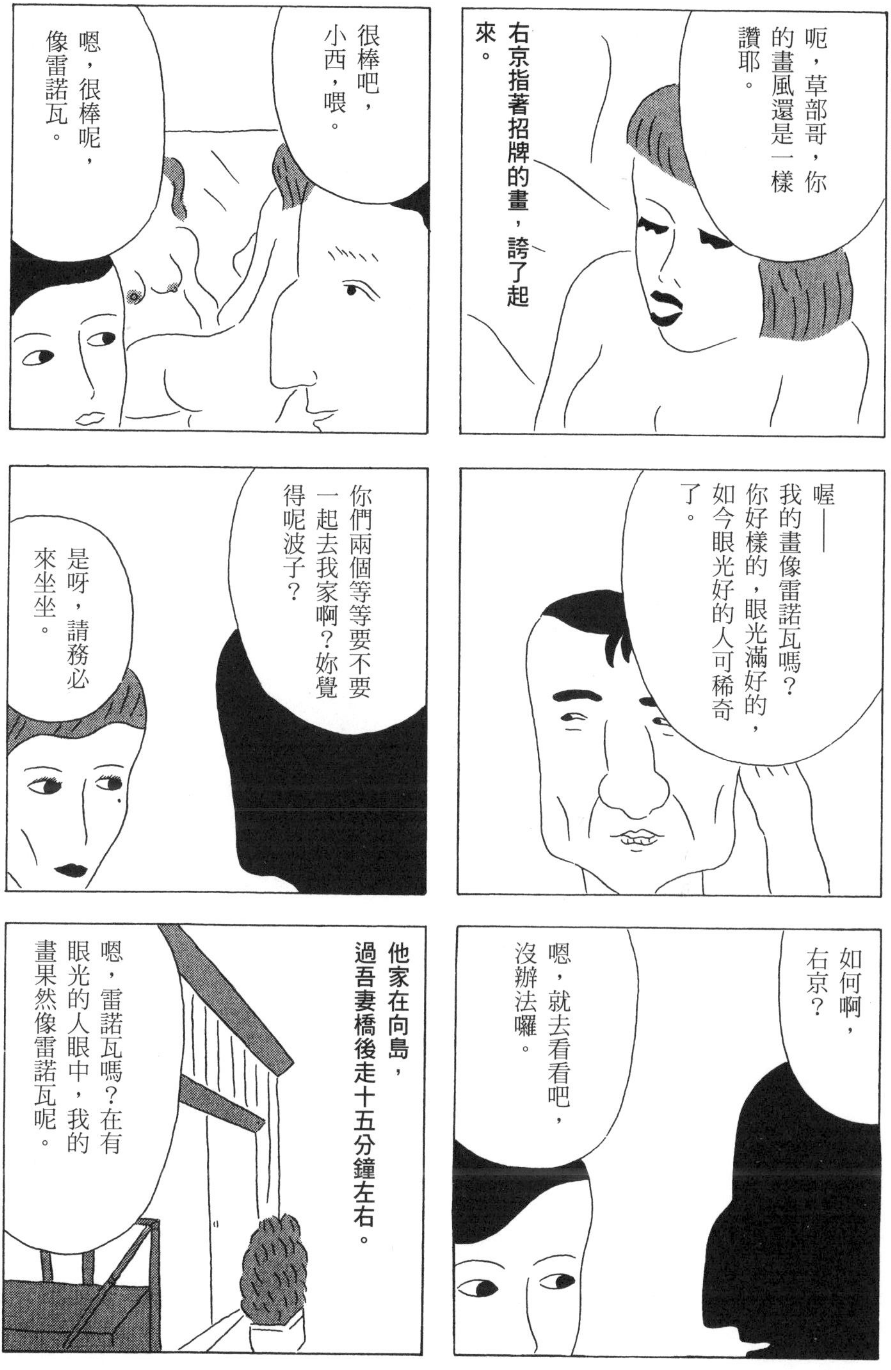

呃，草部哥，你的畫風還是一樣讚耶。
右京指著招牌的畫，誇了起來。
很棒吧，小西，喂。
嗯，很棒呢，像雷諾瓦。
喔——我的畫像雷諾瓦嗎？你好樣的，眼光滿好的，如今眼光好的人可稀奇了。
你們兩個等等要不要一起去我家啊？妳覺得呢波子？
是呀，請務必來坐坐。
如何啊，右京？
嗯，就去看看吧，沒辦法囉。
他家在向島，過吾妻橋後走十五分鐘左右。
嗯，雷諾瓦嗎？在有眼光的人眼中，我的畫果然像雷諾瓦呢。

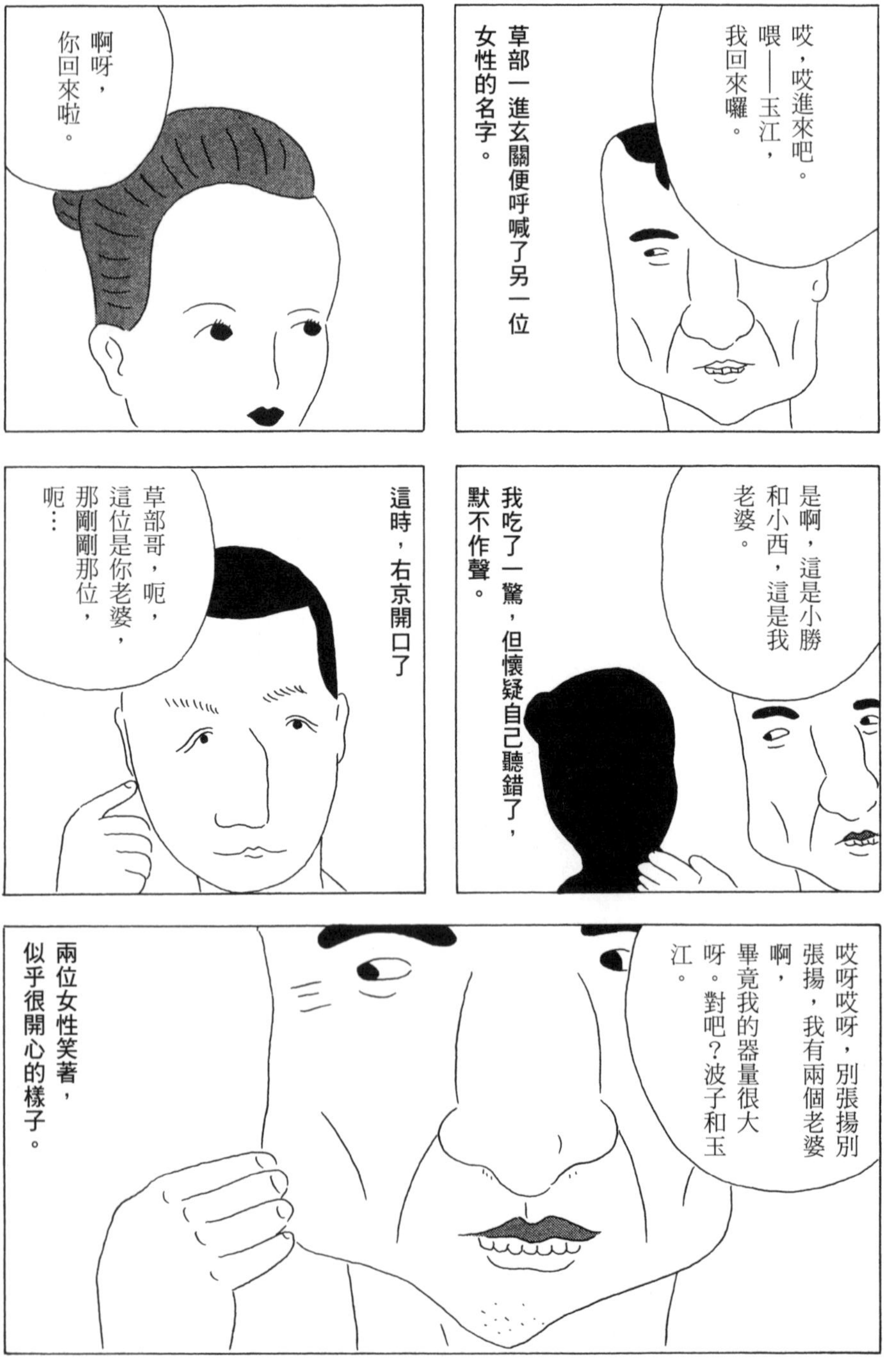
哎，哎進來吧。喂——玉江，我回來囉。
草部一進玄關便呼喊了另一位女性的名字。
啊呀，你回來啦。
是啊，這是小勝和小西，這是我老婆。
我吃了一驚，但懷疑自己聽錯了，默不作聲。
這時，右京開口了
草部哥，呃，這位是你老婆，那剛剛那位，呃⋯
哎呀哎呀，別張揚別張揚，我有兩個老婆啊，畢竟我的器量很大呀。對吧？波子和玉江。
兩位女性笑著，似乎很開心的樣子。

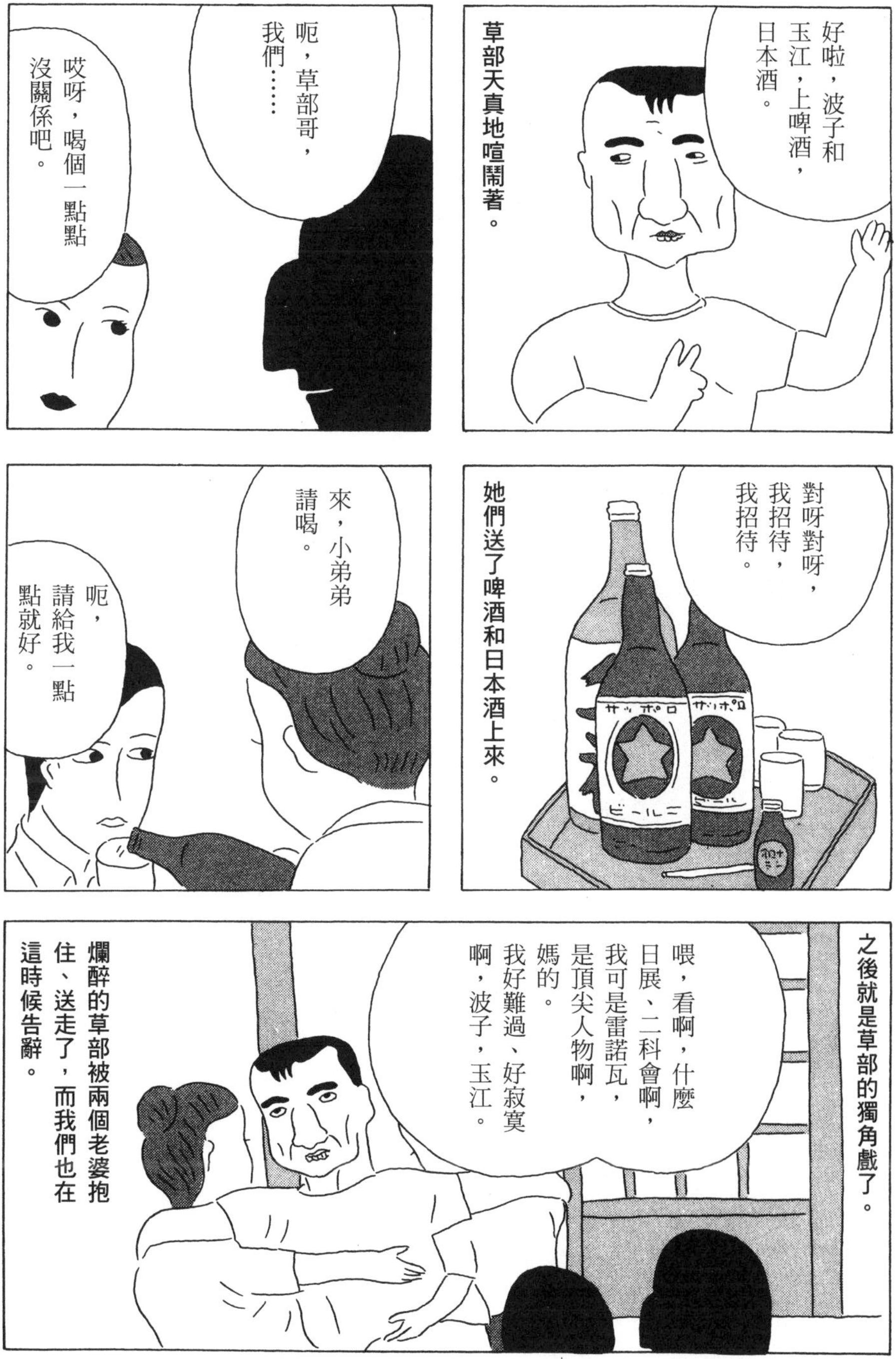
好啦，波子和玉江，上啤酒，日本酒。
草部天真地喧鬧著。
呃，草部哥，我們……
哎呀，喝個一點點沒關係吧。
對呀對呀，我招待，我招待。
她們送了啤酒和日本酒上來。
來，小弟弟請喝。
呃，請給我一點點就好。
之後就是草部的獨角戲了。
喂，看啊，什麼日展、二科會啊，我可是雷諾瓦，是頂尖人物啊，媽的。我好難過、好寂寞啊，波子，玉江。
爛醉的草部被兩個老婆抱住、送走了，而我們也在這時候告辭。

街道已變得人煙稀少，
此處的水銀燈下，綠夏蟲嬉戲著。
Coca Cola
Coffee
TOYO玩具
模型
遊戲
人偶
COFFEE
咖哩飯

1977・7・29

# 天誅蜘蛛

風之玩具啊，再會了．考克多

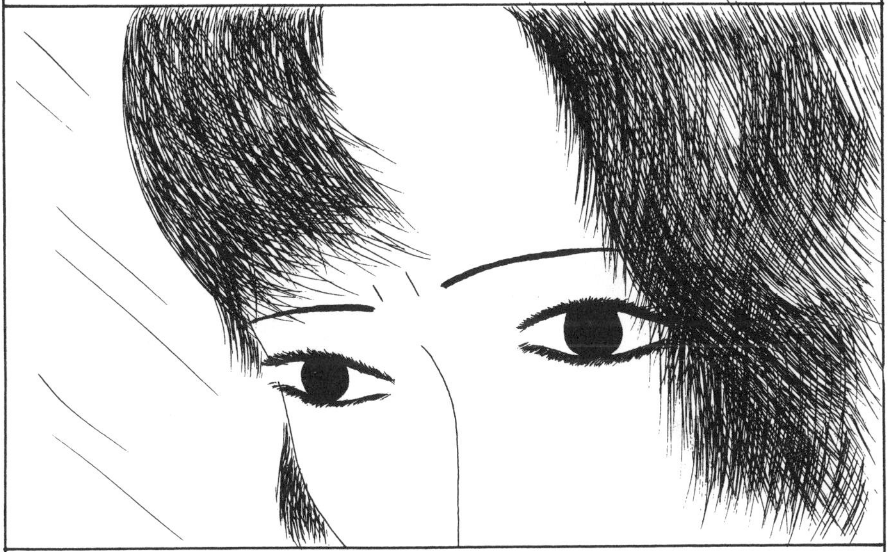

野口英世　黃熱病
豐田佐吉　自動織布機

瓦特　蒸汽機
愛迪生　留聲機
居禮夫婦　鐳
萊特兄弟　飛機

那本雜誌每月七日發售。
每到發售日，我都會騎腳踏車到南千倉買書。
而且大抵會在平磯的神社喘口氣。
唷，是白間津的小西嗎？
啊，學習部的照信同學。你怎麼拿著喀喀喀那個啊？
嗯，為了免費看紙芝居，我才這樣到處繞呀，邊繞邊敲喀喀喀。
是喔—
是說，畫《平頭君》的福井英一老師好像過世了喔。

平磯是個陰森的小鎮。
每逢一年一度的神社祭禮前夕，
村歌舞伎的練習樂音，
便會迴盪在空無一人的境內草叢，
有三味線的弦響、鼓聲等等。

來，誰最白呢，來來來。
反對斬首
你第一名。
來，你第二。
愛砍別人脖子的傢伙還在嗎？那應該很痛吧。
被砍脖子會很痛，所以我也來反對好了。真可怕哩。

天誅蜘蛛
反對斬首

紙芝居一開演，大夥兒就會安靜下來，風聲隨著說書聲起落

城之少主鶴千代被邪惡家老
趕出城外，
他的命運會如何呢？
突然現身的神秘怪人
是正義還是邪惡的一方呢？
喀喀喀……

鶴千代真棒耶，好帥啊。
我很像天誅蜘蛛吧。
一點都不像啊。
是說，你們知道嗎？坂本惠子這陣子都沒來上學耶。
我不知道喔。
啊，小老婆生的惠子總是在家門口瞪著男人看啊。

那個小老婆是什麼意思？織毛衣的人嗎？
嘖，不是啦，那是……我成績很差，但這種事我最懂了。

從平磯回家途中，我在街角瞥見了惠子。
啊，惠子在那裡。
呃，老師很擔心妳喔。妳身體不舒服嗎？
啊，對了，畫《平頭君》的福井英一老師過世了耶。
我說了這麼些話，不過對她而言，
都毫不重要。
那天之後，我就沒再見過她了。

積雨雲突然密布於火災瞭望台附近。
雨勢變大了。
書淋濕就糟了，用這個蓋起來吧。
唔—好冷，全身濕透了。

那陣雨成了雨季的起點，雨一天又一天下個不停。

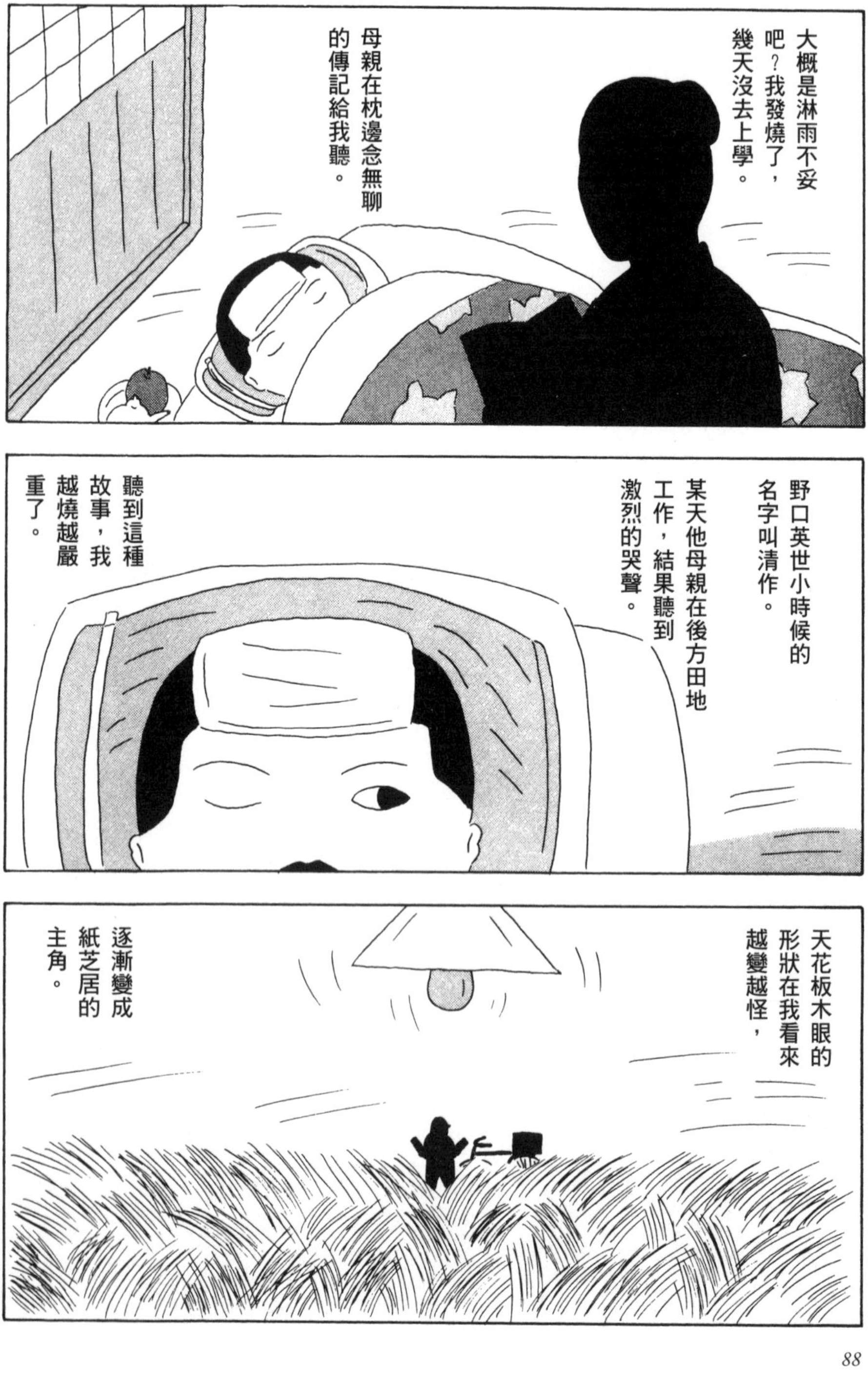
大概是淋雨不妥吧?我發燒了,幾天沒去上學。
母親在枕邊念無聊的傳記給我聽。
野口英世小時候的名字叫清作。
某天他母親在後方田地工作,結果聽到激烈的哭聲。
聽到這種故事,我越燒越嚴重了。
天花板木眼的形狀在我看來越變越怪,
逐漸變成紙芝居的主角。

天誅蜘蛛
我很在意鶴千代這人。
幾天後，天氣放晴，我康復了。
然後，我又去了平磯神社的境內一趟。
啊，聽到了，聽到了。
喀
喀
喀

1975・5・11

# 清志

徹底入冬了。
每天都吹拂著冰冷的西風。
昨天，我在小鎮外圍見到了
行腳賣藥的大叔。

今天我拿出手套。

鼠灰色的毛線手套。

寒冷不會令我感到難熬，
就只有手凍僵我受不了。

當天第三節課堂上，我寫了封信給清志。
今天我們來練習寫信。
國文老師丹治保吉的綽號是憲兵。
清志是榻榻米鋪的次男，有一個哥哥、兩個弟弟、一個妹妹。
小畑清志，綽號是絕壁。
清志同學，近來可好？我很好……
他姓小畑，讀作kobata。
看，你的名字※出現了。
たばこ
香煙
哎呀——真的耶。
清志這人總是很穩重。

※香煙的日文為tabako。

喂，絕壁。
什麼啊？傷痕男。
被稱作傷痕男的，是臉上有疤痕的山口義男。
空襲逃命時，我從媽媽背上跌了下來喔。
順帶一提，人稱傷痕男的山口義男有個姐姐，曾參加館山市的NHK業餘人士揚聲歌唱比賽，結果得到三聲鐘響，判定合格。
蘋果～花瓣～，彷彿——在風中凋零～～
我姐姐歌聲和美空雲雀一模一樣吧？
這是他的口頭禪。
長相也像吧？
阿昇也這麼覺得啊？果然啊。

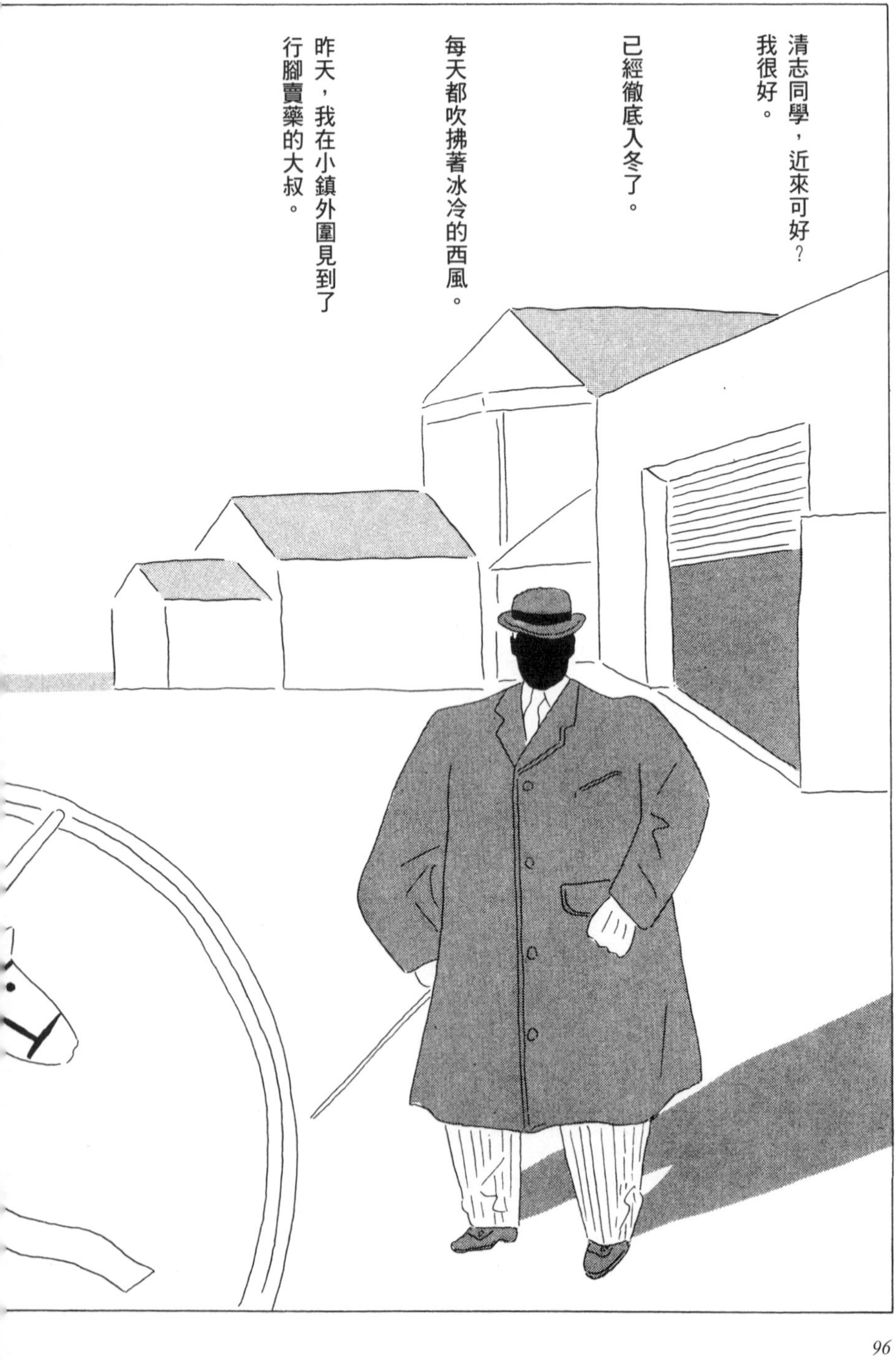
清志同學，近來可好？
我很好。
已經徹底入冬了。
每天都吹拂著冰冷的西風。
昨天，我在小鎮外圍見到了
行腳賣藥的大叔。

今天我拿出手套。
鼠灰色的毛線手套。
寒冷不會令我感到難熬，
就只有手凍僵我受不了。
你給我的兩隻兔子，
白色和芝麻色的，
都死翹翹了。

我和清志是因為借雜誌才開始來往的。
清志同學。
他家位於城鎮中心，那個叫平磯的區域。
唷，小西啊。
你穿這真棒耶，很搭。
是喔，我哥留下來的舊衣服啦。
清志的哥哥千代松是千倉國中棒球社社長。
CHIKURA
要不要去看兔子？
咦？你養兔子啊？
最後我請他讓給我兩隻兔子。
謝謝你，我會把牠們養大的。

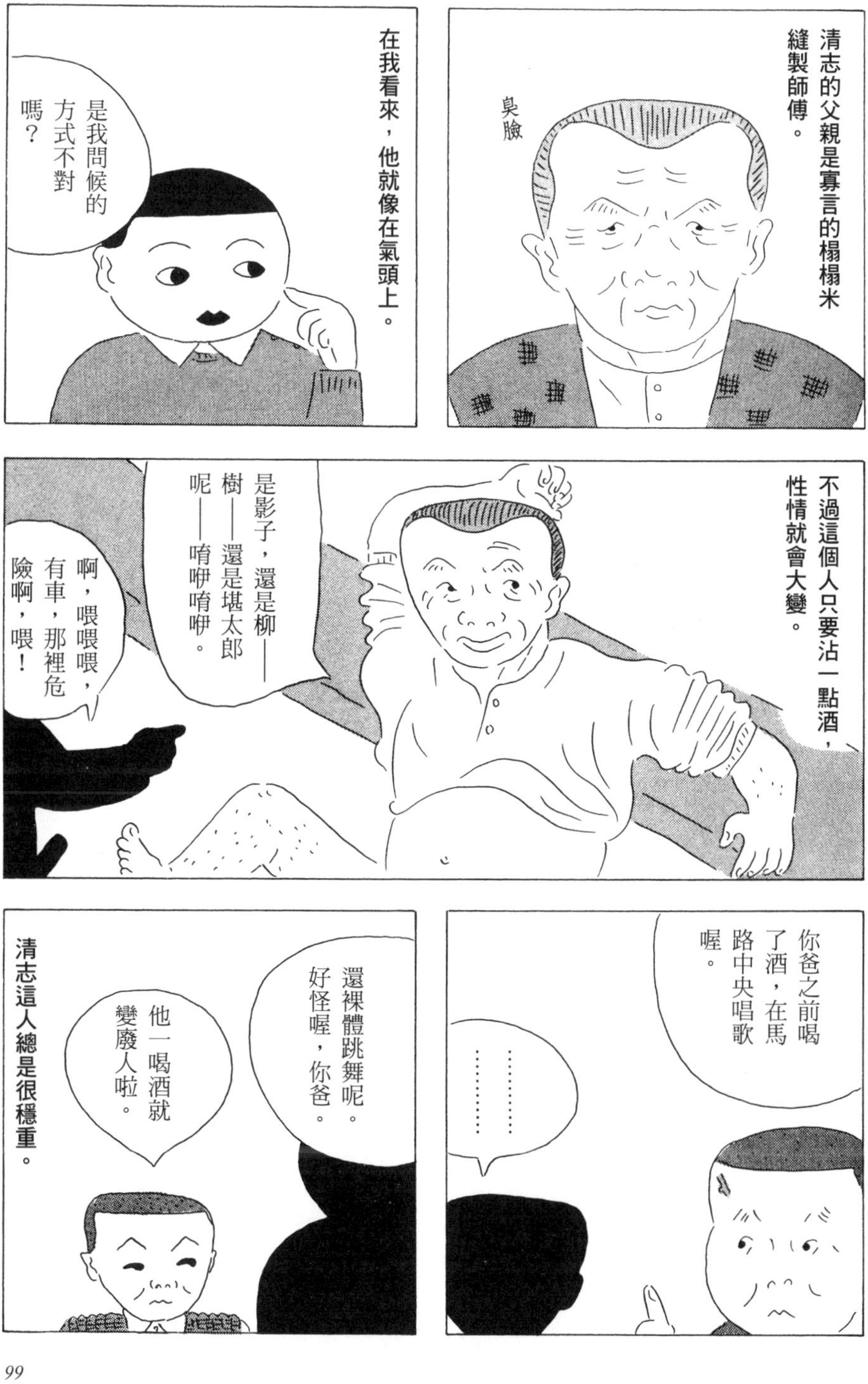
清志的父親是寡言的榻榻米縫製師傅。
臭臉
在我看來，他就像在氣頭上。
是我問候的方式不對嗎？
不過這個人只要沾一點酒，性情就會大變。
是影子，還是柳樹——還是堪太郎呢——唷咿唷咿。
啊，喂喂喂，有車，那裡危險啊，喂！
你爸之前喝了酒，在馬路中央唱歌喔。
…………
還裸體跳舞呢。好怪喔，你爸。
他一喝酒就變廢人啦。
清志這人總是很穩重。

廟會前夕的某一天，口渴的我繞到清志家去。
唷，小西，兔子們還好嗎？
呃，我口很渴，正傷腦筋呢。有沒有煮過放冷的水啊？
普通的水不行嗎？
嗯，聽說喝生水會得痢疾……
是喔——你還真小心呢。
我現在幫你燒水。
謝謝你。
就在這時，清志家旁邊那條縣道對面的腳踏車店，傳來女人的叫聲。
剛剛那是什麼聲音啊？
立吉又在作怪了呢。
咦？啥呀？

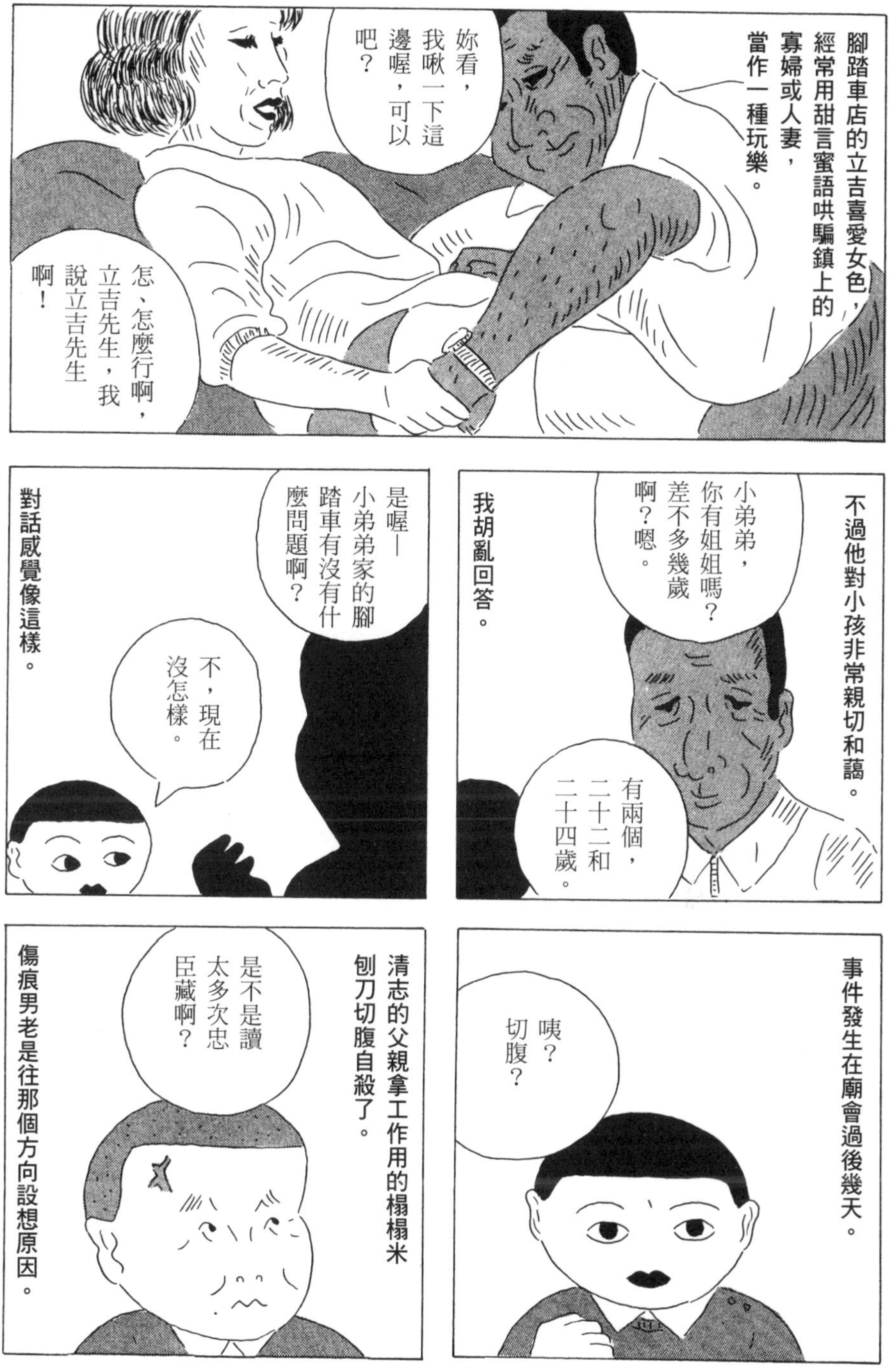
腳踏車店的立吉喜愛女色，經常用甜言蜜語哄騙鎮上的寡婦或人妻，當作一種玩樂。
妳看，我瞅一下這邊喔，可以吧？
怎、怎麼行啊，立吉先生，我說立吉先生啊！
不過他對小孩非常親切和藹。
小弟弟，你有姐姐嗎？差不多幾歲啊？嗯。
有兩個，二十二和二十四歲。
我胡亂回答。
是喔—小弟弟家的腳踏車有沒有什麼問題啊？
不，現在沒怎樣。
對話感覺像這樣。
事件發生在廟會過後幾天。
咦？切腹？
清志的父親拿工作用的榻榻米刨刀切腹自殺了。
是不是讀太多次忠臣藏啊？
傷痕男老是往那個方向設想原因。

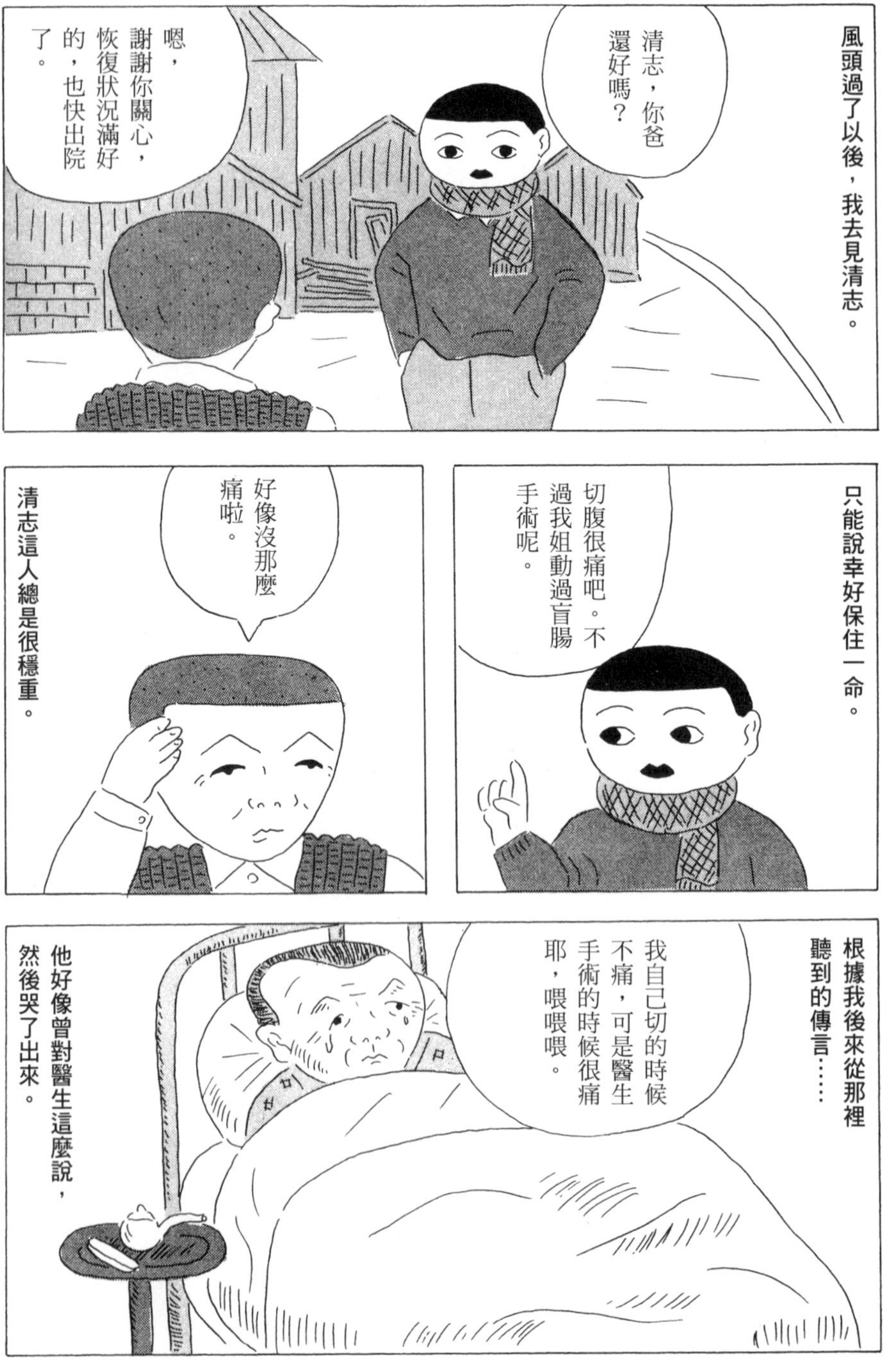
風頭過了以後，我去見清志。
清志，你爸還好嗎？
嗯，謝謝你關心，恢復狀況滿好的，也快出院了。
只能說幸好保住一命。
切腹很痛吧。不過我姐動過盲腸手術呢。
好像沒那麼痛啦。
清志這人總是很穩重。
根據我後來從那裡聽到的傳言……
我自己切的時候不痛，可是醫生手術的時候很痛耶，喂喂喂。
他好像曾對醫生這麼說，然後哭了出來。

幾個月後，清志一家突然搬到母親娘家所在的茨城縣。
清志，保重喔，這筆盒給你用。
謝謝你，我會寫信給你的。
喏，我以後只要看到那個，就會想起清志喔，一定會的。
たばこ
香煙
哎呀——對耶，哈哈哈哈哈。
我從此沒再見過清志。
那一年年關將近時，我到鎮上跑腿。
啊，是清志家。
兔子小屋不知變得如何了。

咦？有兔子，被丟下的嗎？
理應空無一人的房子內，只有兔子在，活力充沛地曬著西日。
我去了腳踏車店老闆立吉工作的地方打探消息。
不好意思，請問清志的家有人住嗎？
誰啊？什麼啊，是小西家的小鬼頭啊。我的好戲正要上場耶。我不知道啦，不知道。
立吉心情很惡劣。
欸——誰啊——快來～
好——我馬上來喔。
唷，大姐，還有精神嗎？
立吉說完話便匆忙回到屋內的房間了。
我沒別的辦法，只好回到清志家。
工作間那邊不知變得怎樣？

我使盡全力推開沉重的木門。
啊。
有個年老的男子，孤身在燈泡下勤奮地縫著榻榻米。

隔天早上，我爬上山採過年用的橘子。
這樣應該夠多了吧。
開走的巴士的揚塵，是一抹殘留的白色
我看到大海在遠處發光。
只有我和母親兩人共度的年節，
又即將來臨了。

1978・11・8

# 北風漂浪

長長的貨運列車
通過我的眼前
駛遠。

喀答　喀答　喀答　喀答

西沉的夕陽，
自車廂與車廂之間露臉。
顯現後立刻被車廂消去，
然後又顯現。

喀答　喀答　喀答　喀答

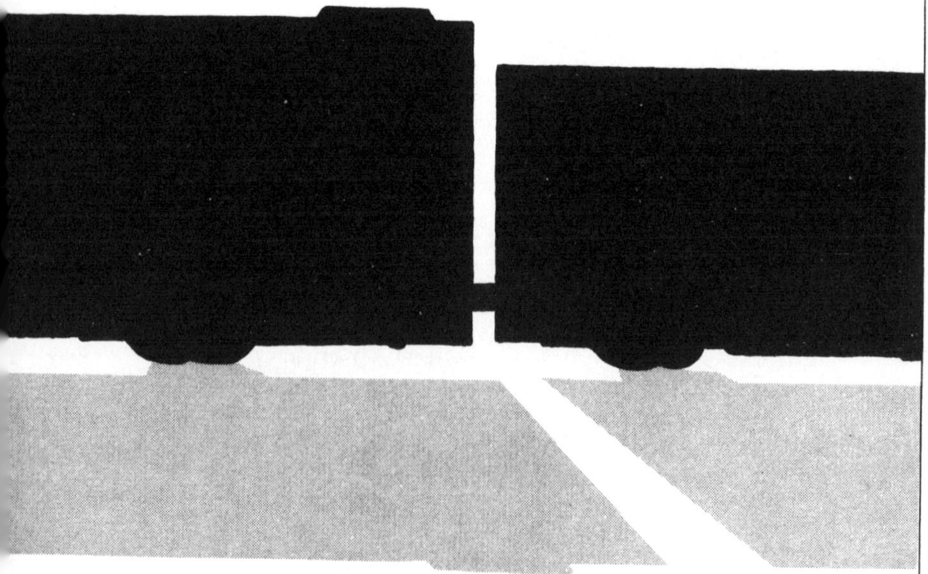

貨運列車離去後，
夕陽已落在遠處屋頂上。
已經開始吹北風了。

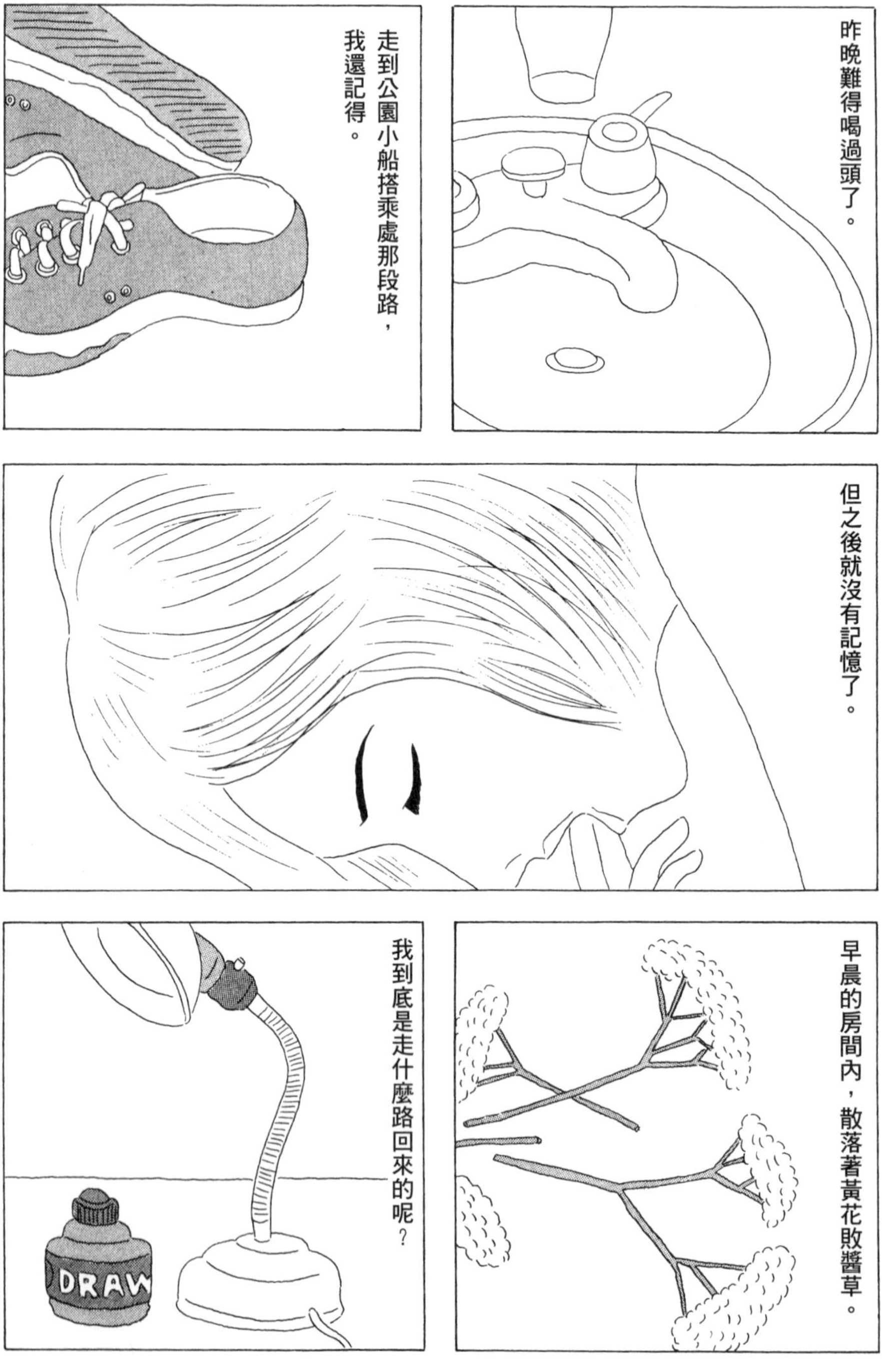
昨晚難得喝過頭了。
走到公園小船搭乘處那段路，我還記得。
但之後就沒有記憶了。
早晨的房間內，散落著黃花敗醬草。
我到底是走什麼路回來的呢？
DRAW

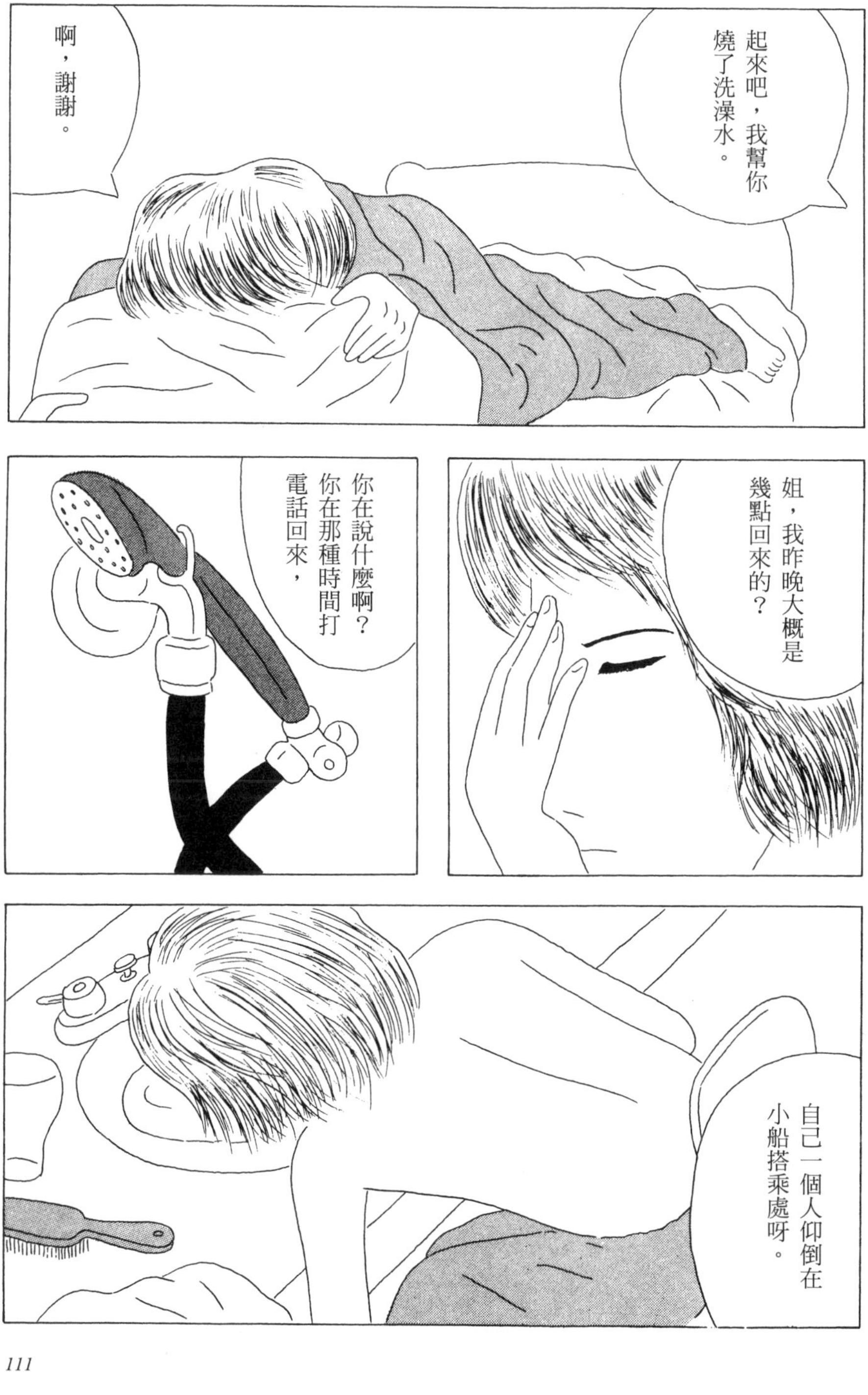
起來吧，我幫你燒了洗澡水。
啊，謝謝。
姐，我昨晚大概是幾點回來的？
你在說什麼啊？你在那種時間打電話回來，
自己一個人仰倒在小船搭乘處呀。

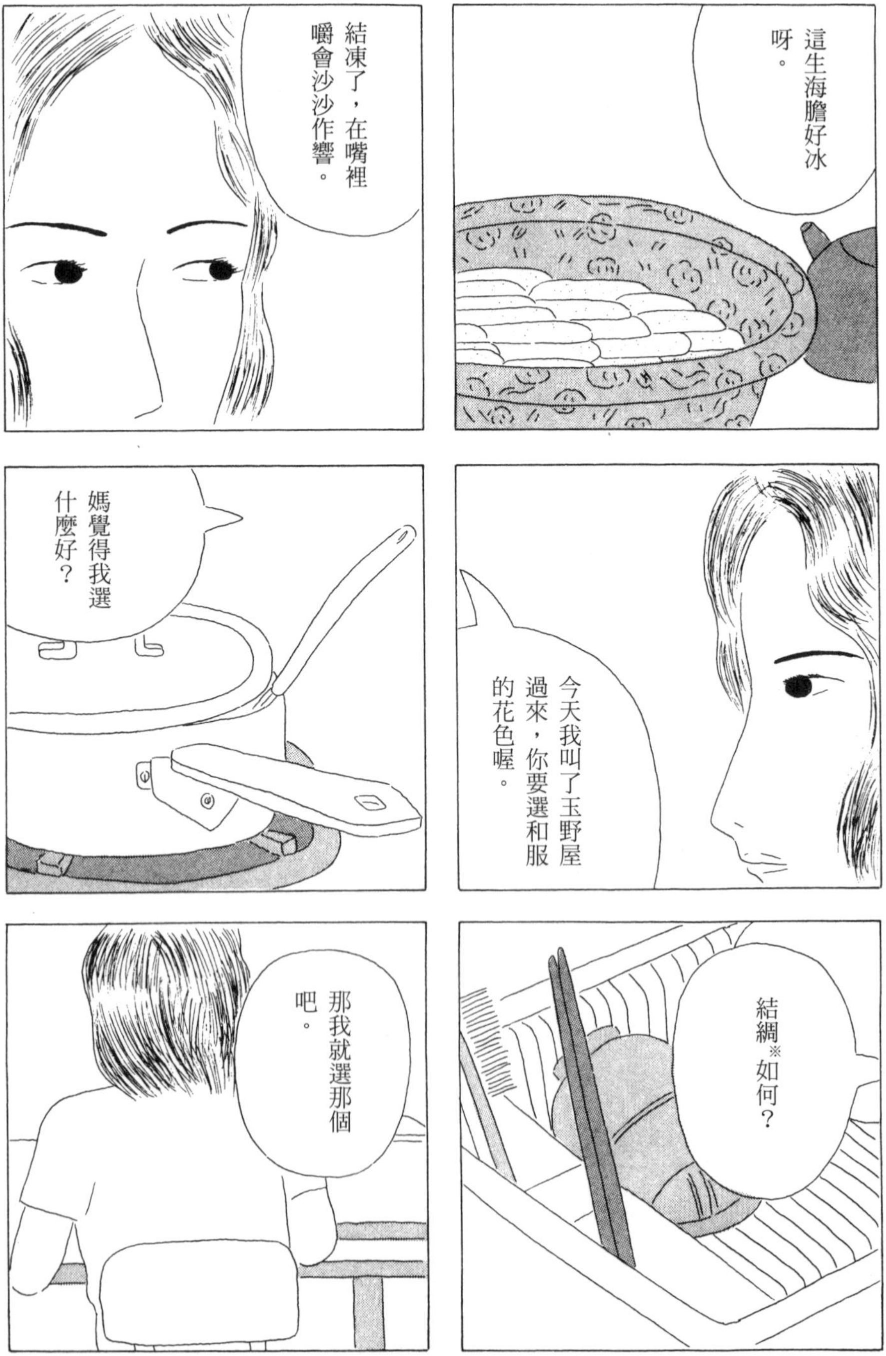
這生海膽好冰呀。
結凍了，在嘴裡嚼會沙沙作響。
今天我叫了玉野屋過來，你要選和服的花色喔。
媽覺得我選什麼好？
結綢※如何？
那我就選那個吧。

※連接短絲線織成的綢緞。

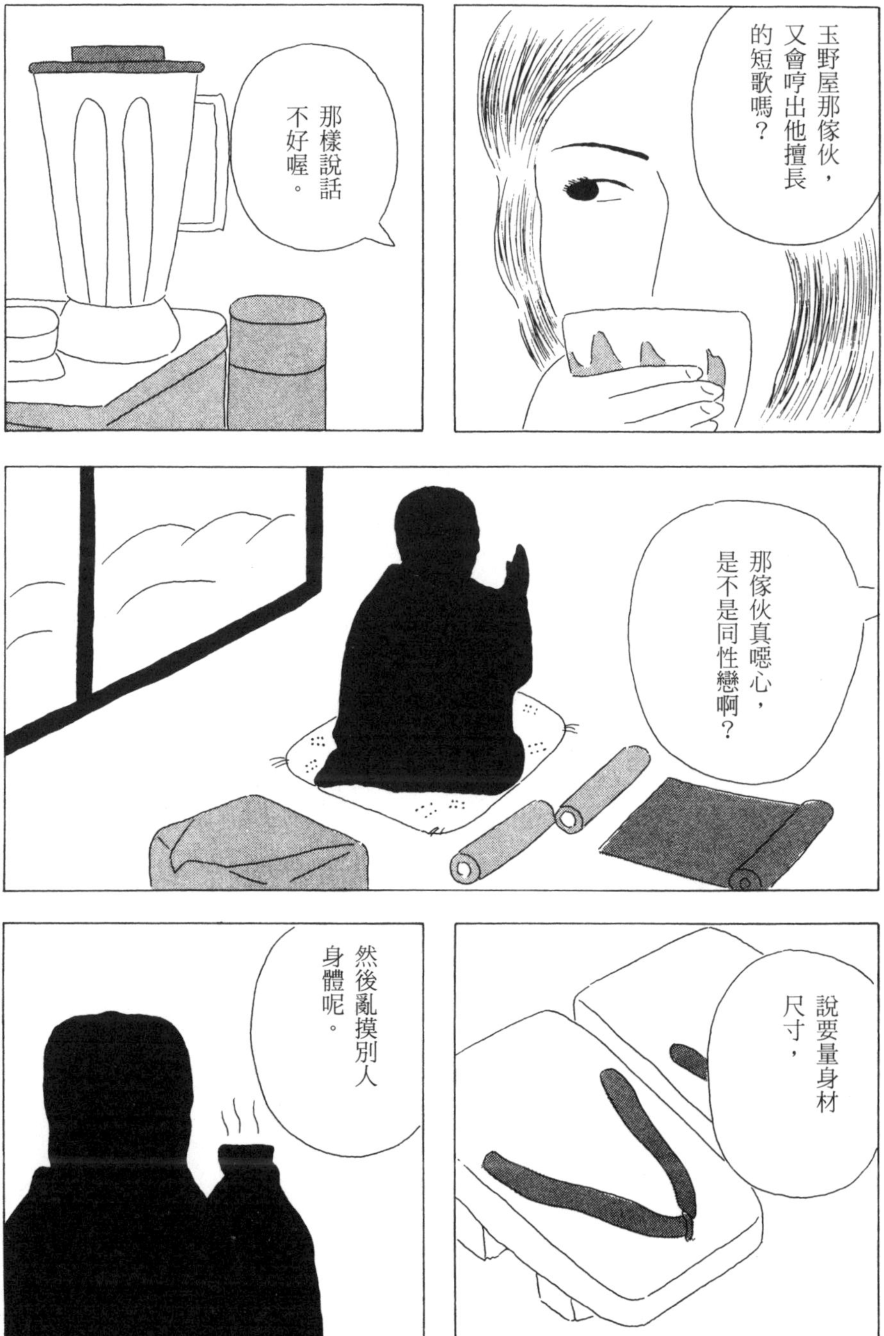
玉野屋那傢伙，又會哼出他擅長的短歌嗎？
那樣說話不好喔。
那傢伙真噁心，是不是同性戀啊？
說要量身材尺寸，
然後亂摸別人身體呢。

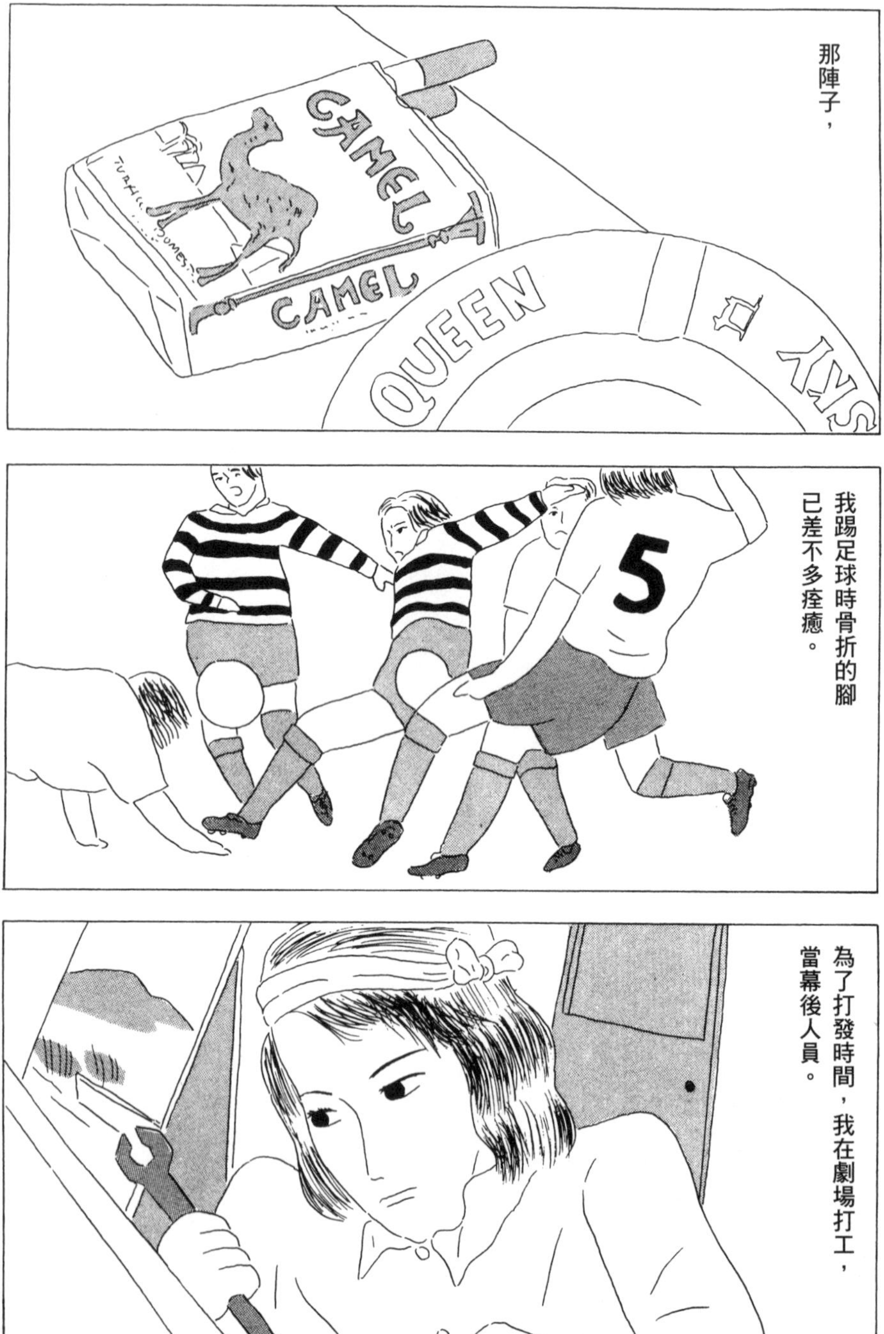
那陣子，
CAMEL
CAMEL
QUEEN
我踢足球時骨折的腳
已差不多痊癒。
為了打發時間，我在劇場打工，
當幕後人員。

會和舞孃惠美子邂逅，
也是因緣際會。

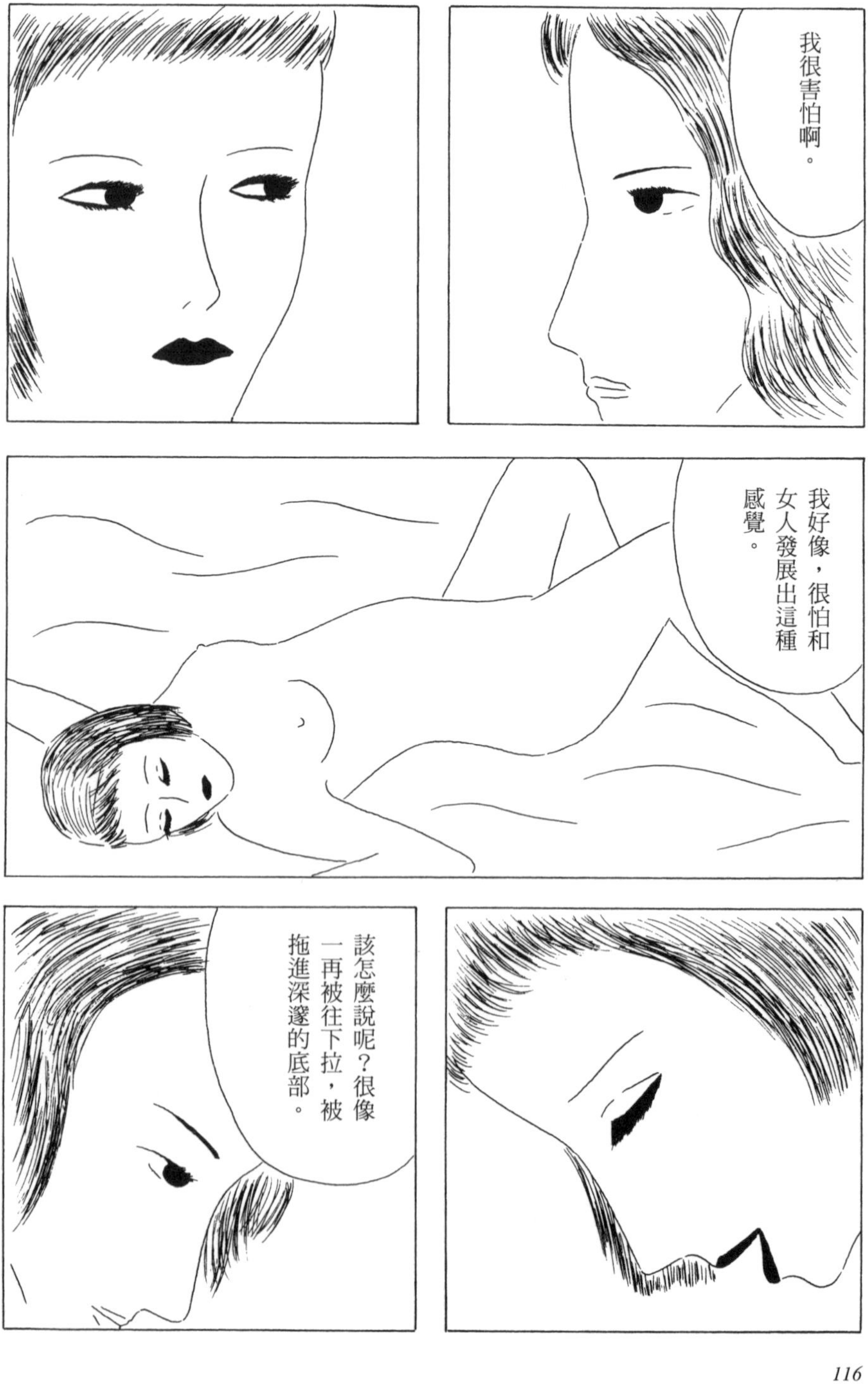
我很害怕啊。
我好像，很怕和女人發展出這種感覺。
該怎麼說呢？很像一再被往下拉，被拖進深邃的底部。

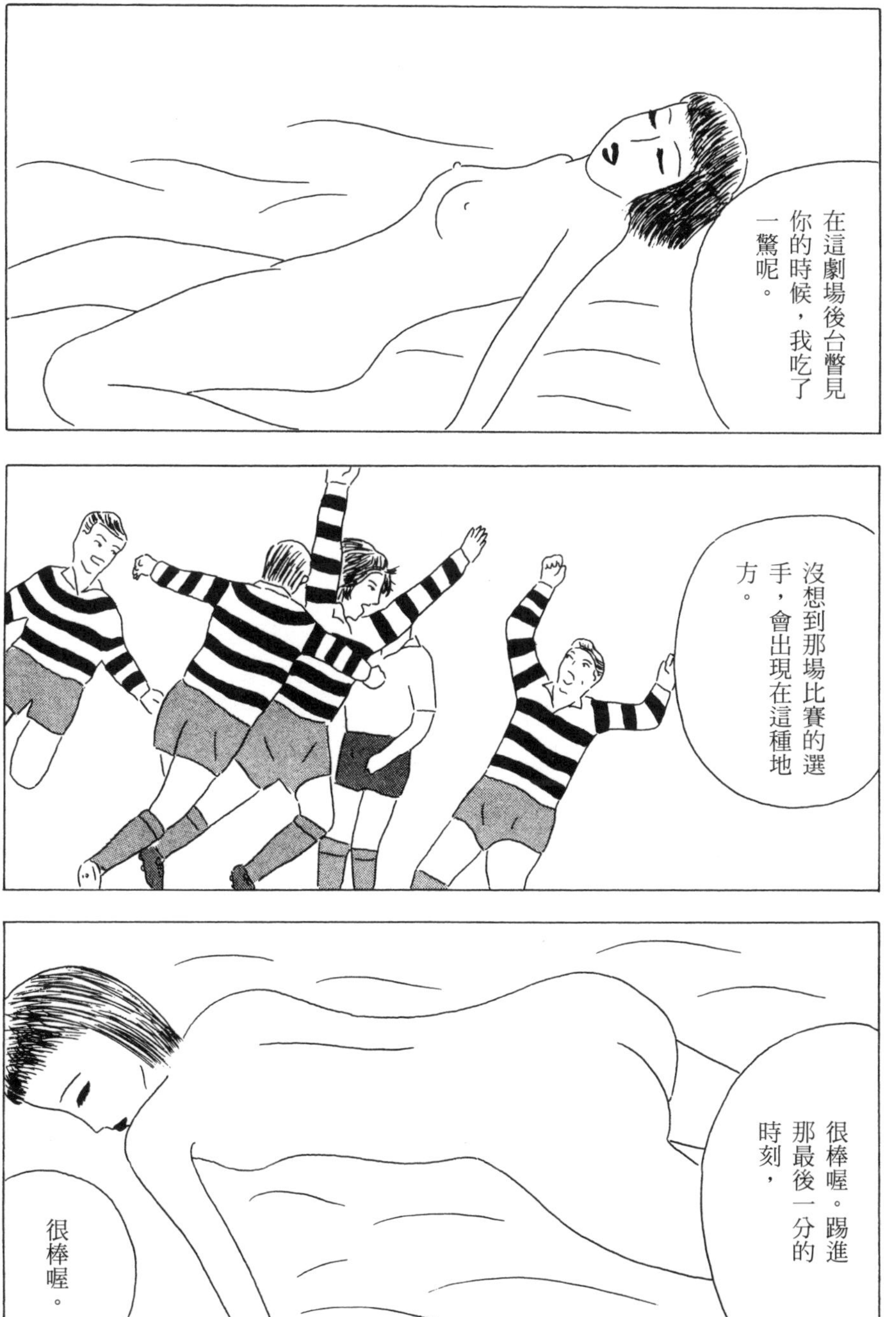
在這劇場後台瞥見你的時候，我吃了一驚呢。
沒想到那場比賽的選手，會出現在這種地方。
很棒喔。踢進那最後一分的時刻，
很棒喔。

妳總是搭
末班電車

以毛皮大衣
包覆疲憊的蒼白身體，

妳很適合搭
末班電車。

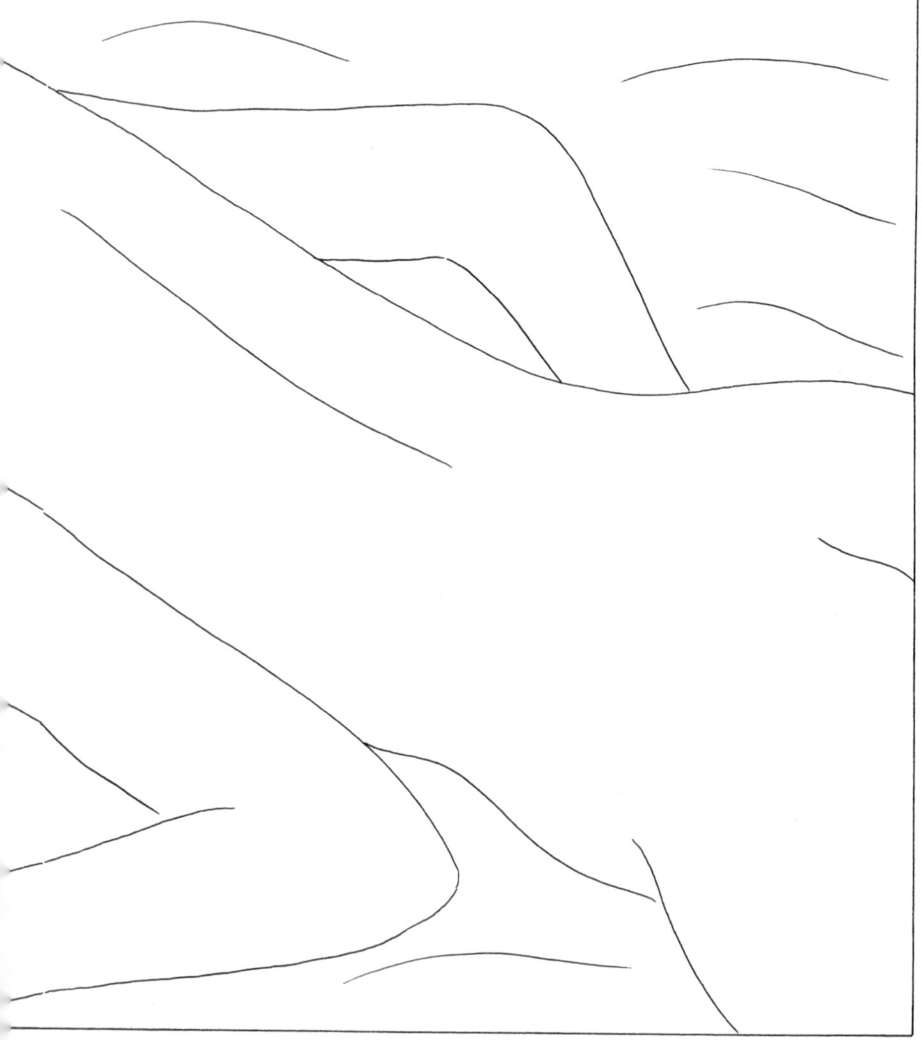

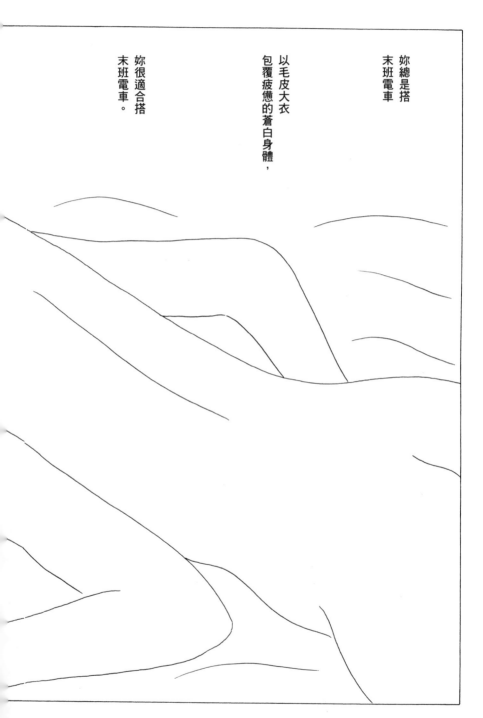

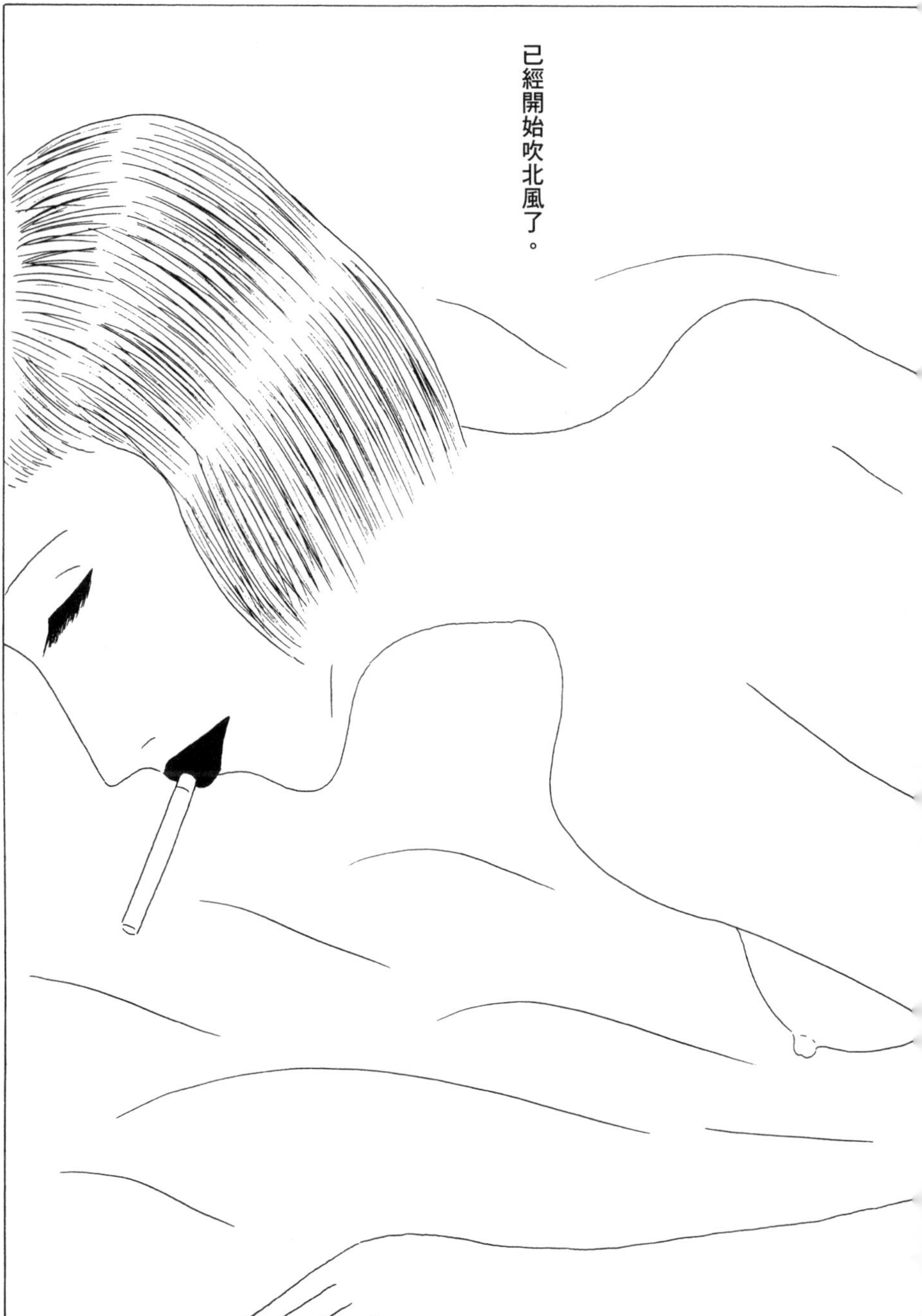
已經開始吹北風了。

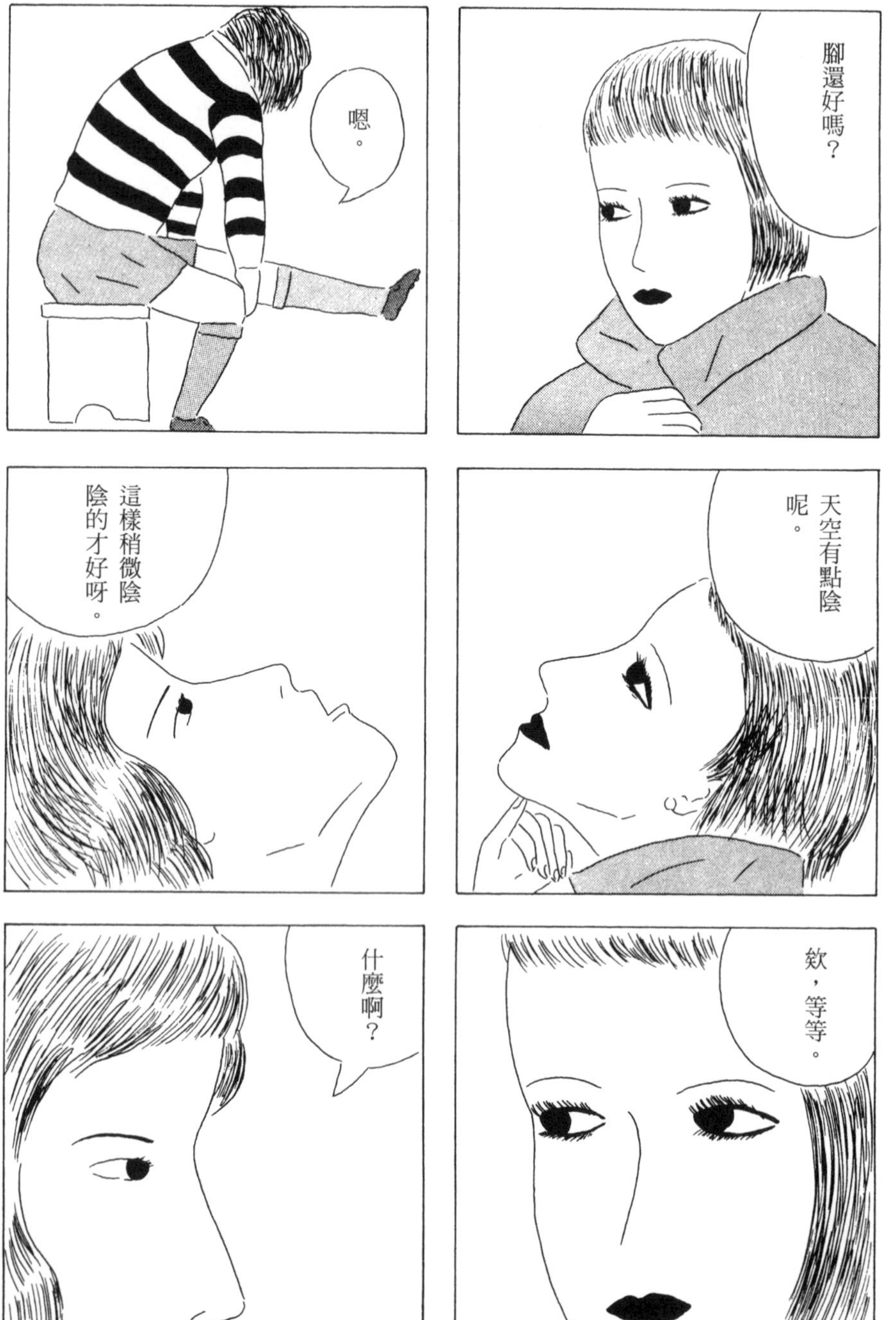
腳還好嗎？
嗯。
天空有點陰呢。
這樣稍微陰陰的才好呀。
欸，等等。
什麼啊？

是這邊喔。
唔。
好痛。
那我走囉。

1976・9・9

# 獅子

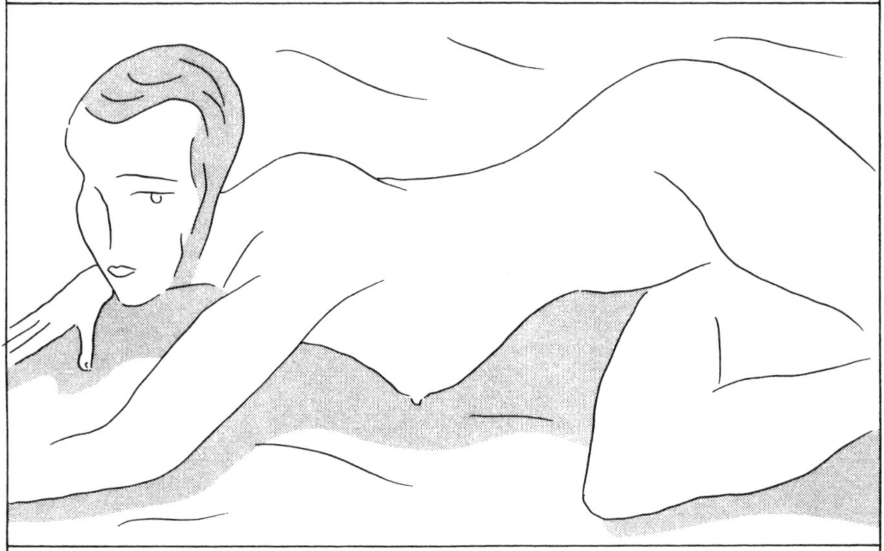

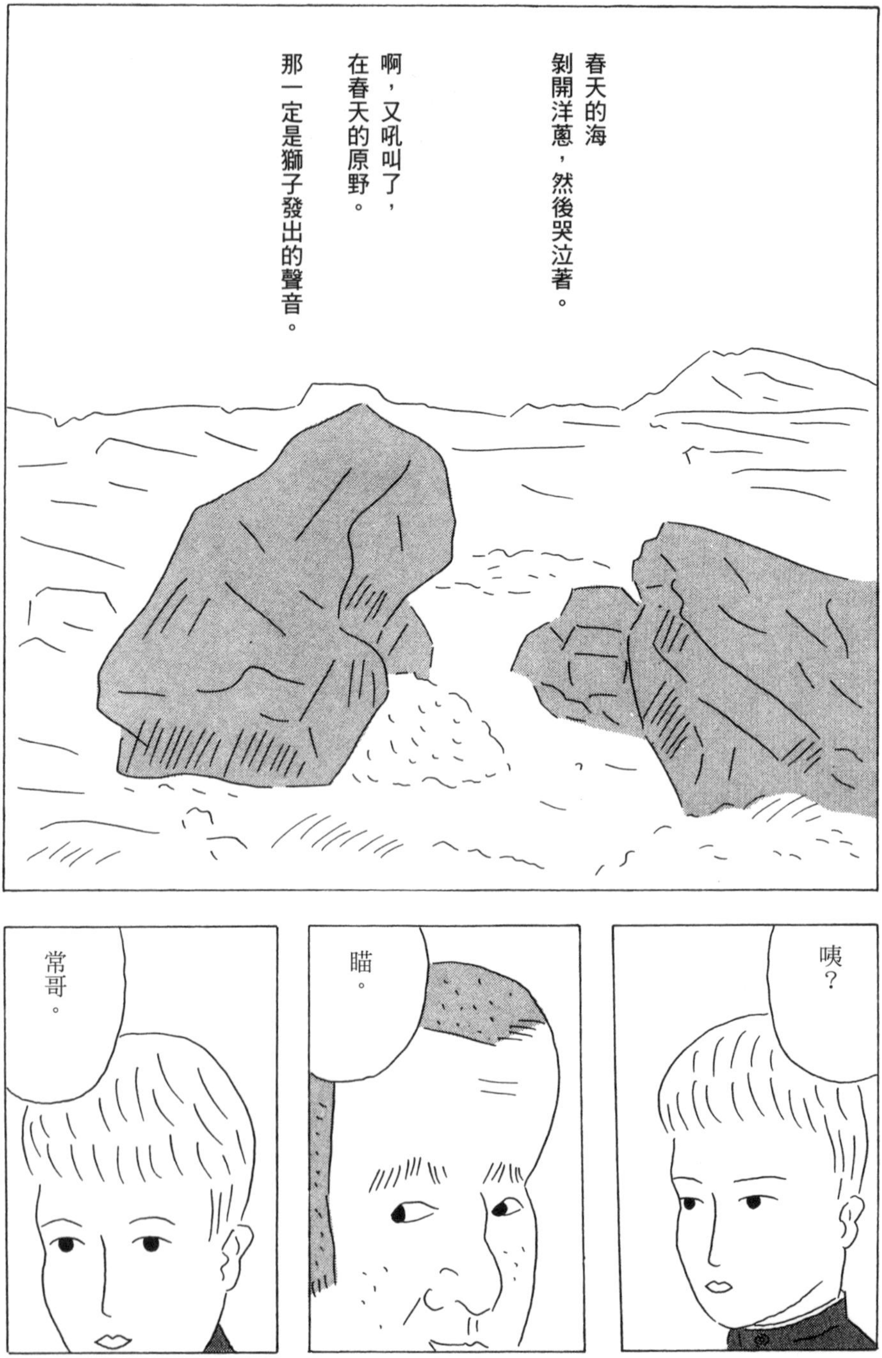
春天的海
剝開洋蔥，然後哭泣著。
啊，又吼叫了，
在春天的原野。
那一定是獅子發出的聲音。
咦？
瞄。
常哥。

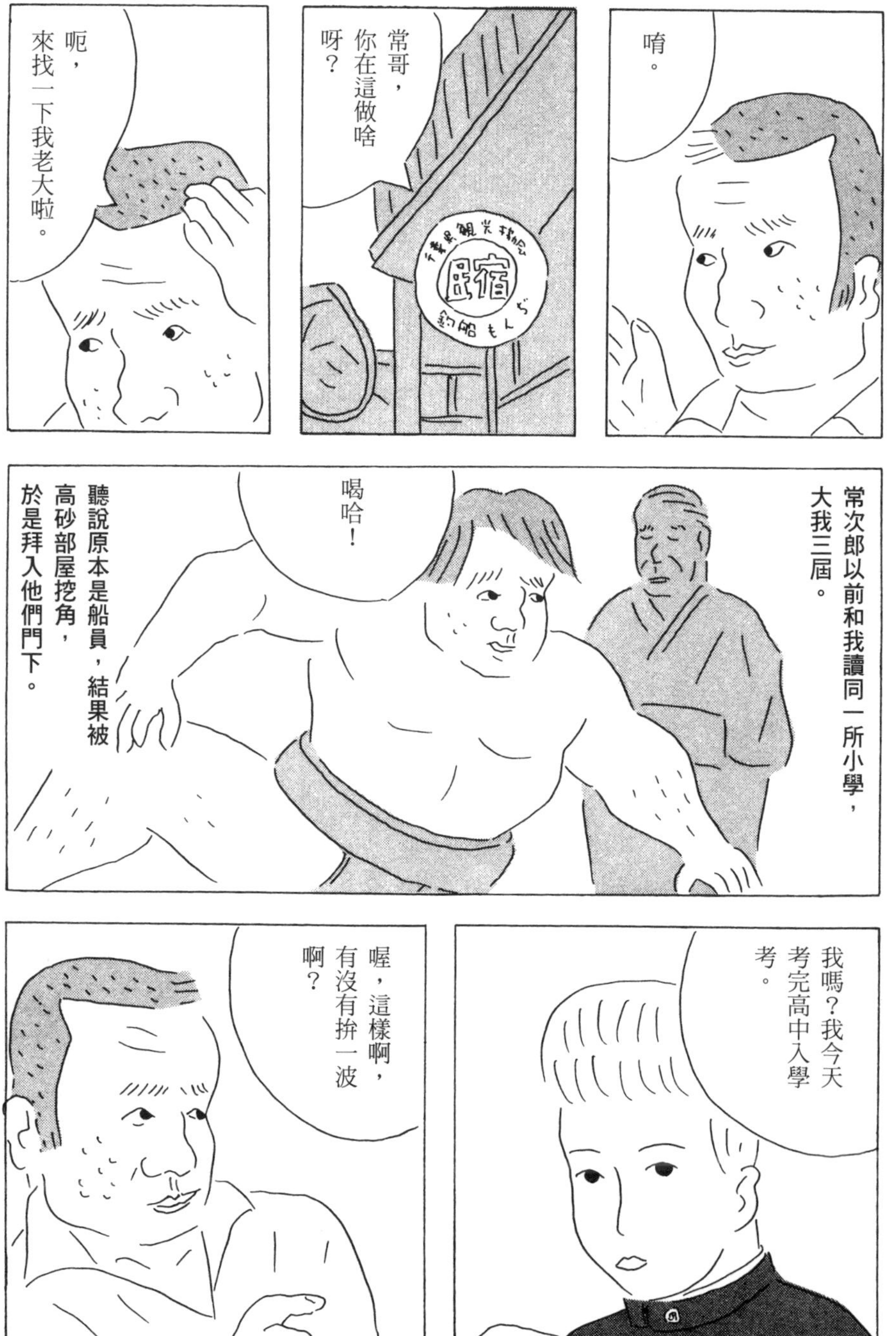
唷。
常哥，你在這做啥呀？
千葉県観光協会
民宿
釣船もんぢ
呃，來找一下我老大啦。
常次郎以前和我讀同一所小學，大我三屆。
喝哈！
聽說原本是船員，結果被高砂部屋挖角，於是拜入他們門下。
我嗎？我今天考完高中入學考。
喔，這樣啊，有沒有拚一波啊？

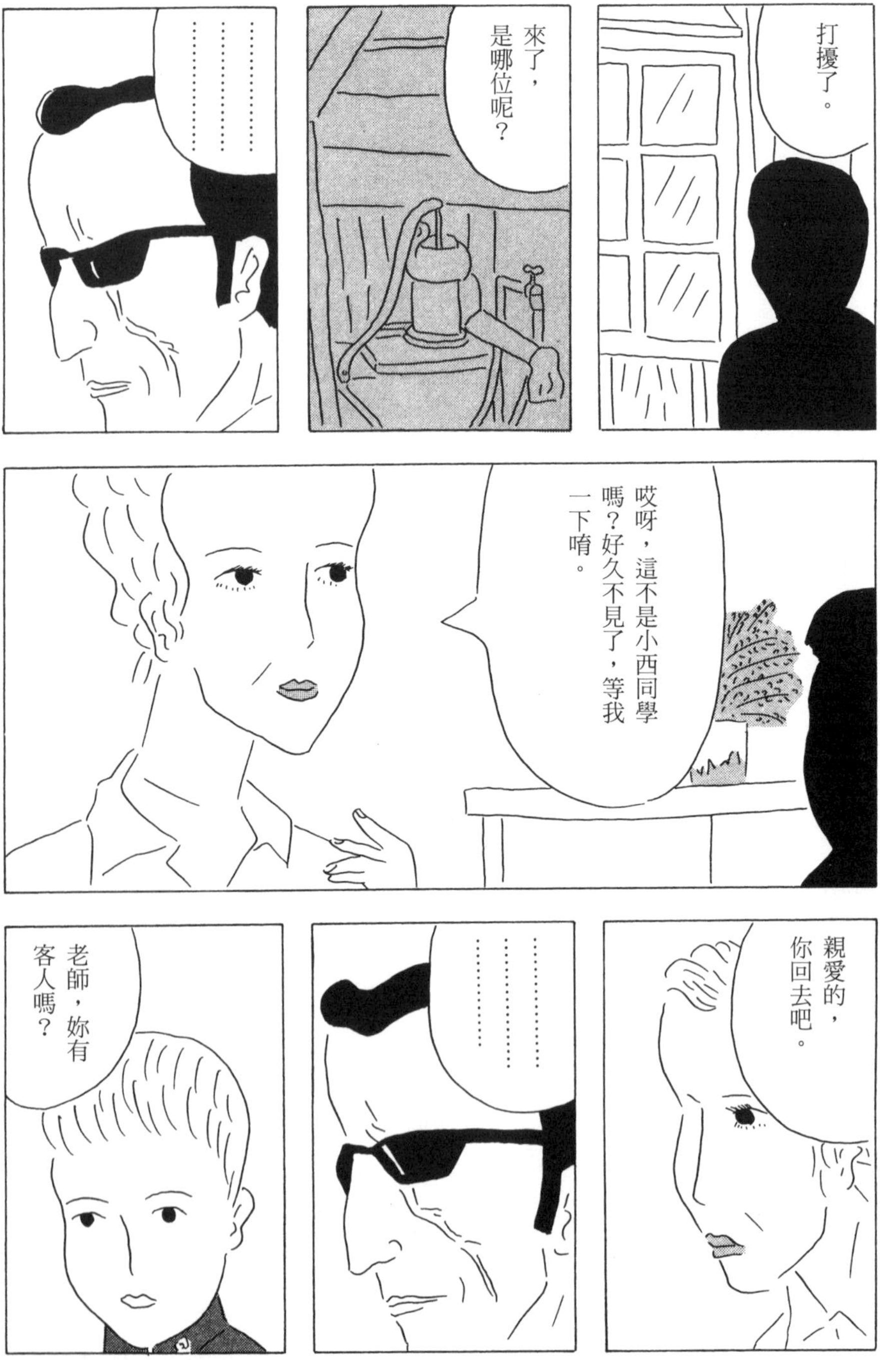
打擾了。
來了，是哪位呢？
……
哎呀，這不是小西同學嗎？好久不見了，等我一下唷。
親愛的，你回去吧。
……
老師，妳有客人嗎？

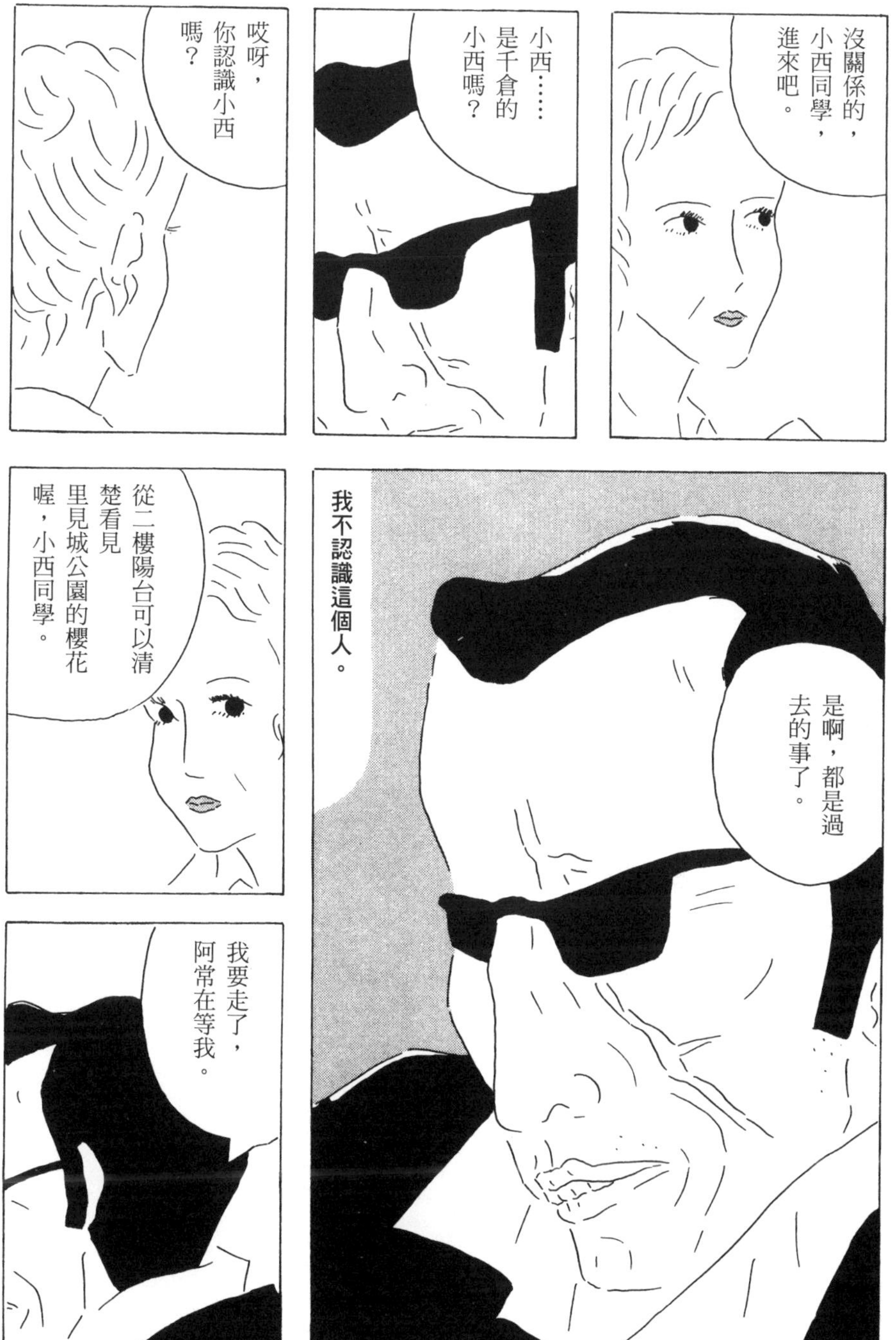

沒關係的，小西同學，進來吧。
小西……是千倉的小西嗎？
哎呀，你認識小西嗎？
我不認識這個人。
是啊，都是過去的事了。
從二樓陽台可以清楚看見里見城公園的櫻花喔，小西同學。
我要走了，阿常在等我。

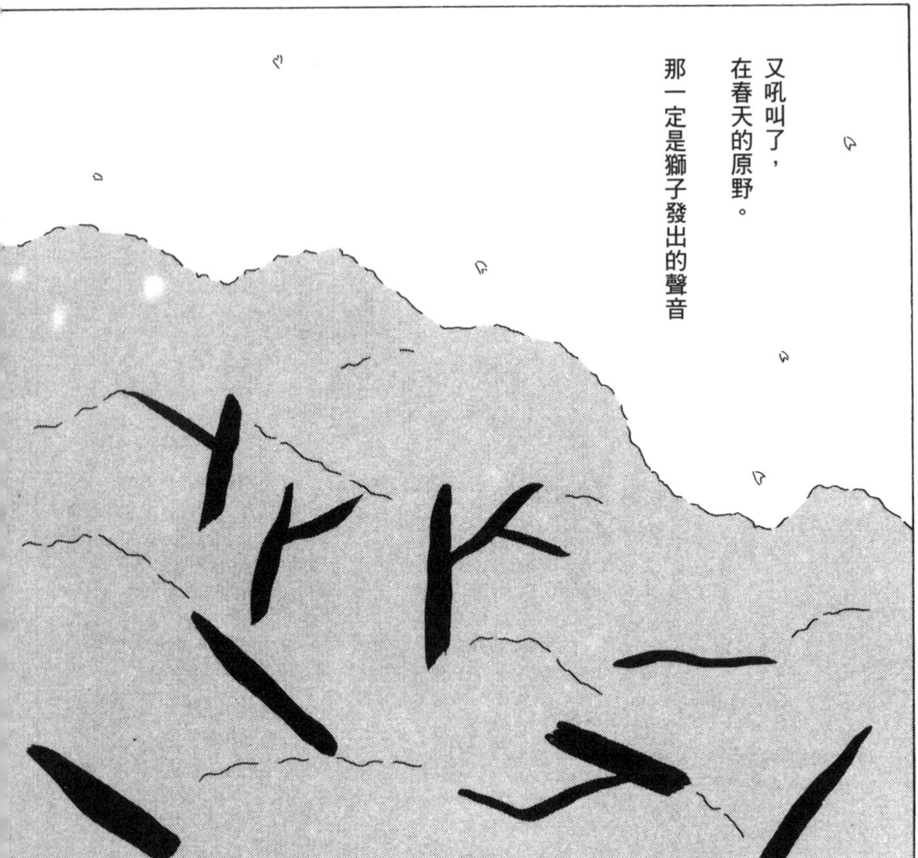
又吼叫了，
在春天的原野。
那一定是獅子發出的聲音
親愛的，要說幾次你才會明白呢？
…………
這已經是最後一次囉。

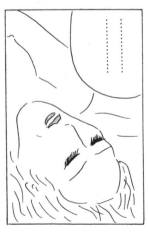

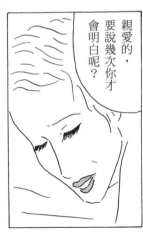

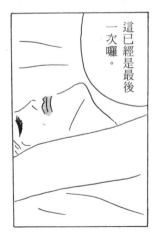

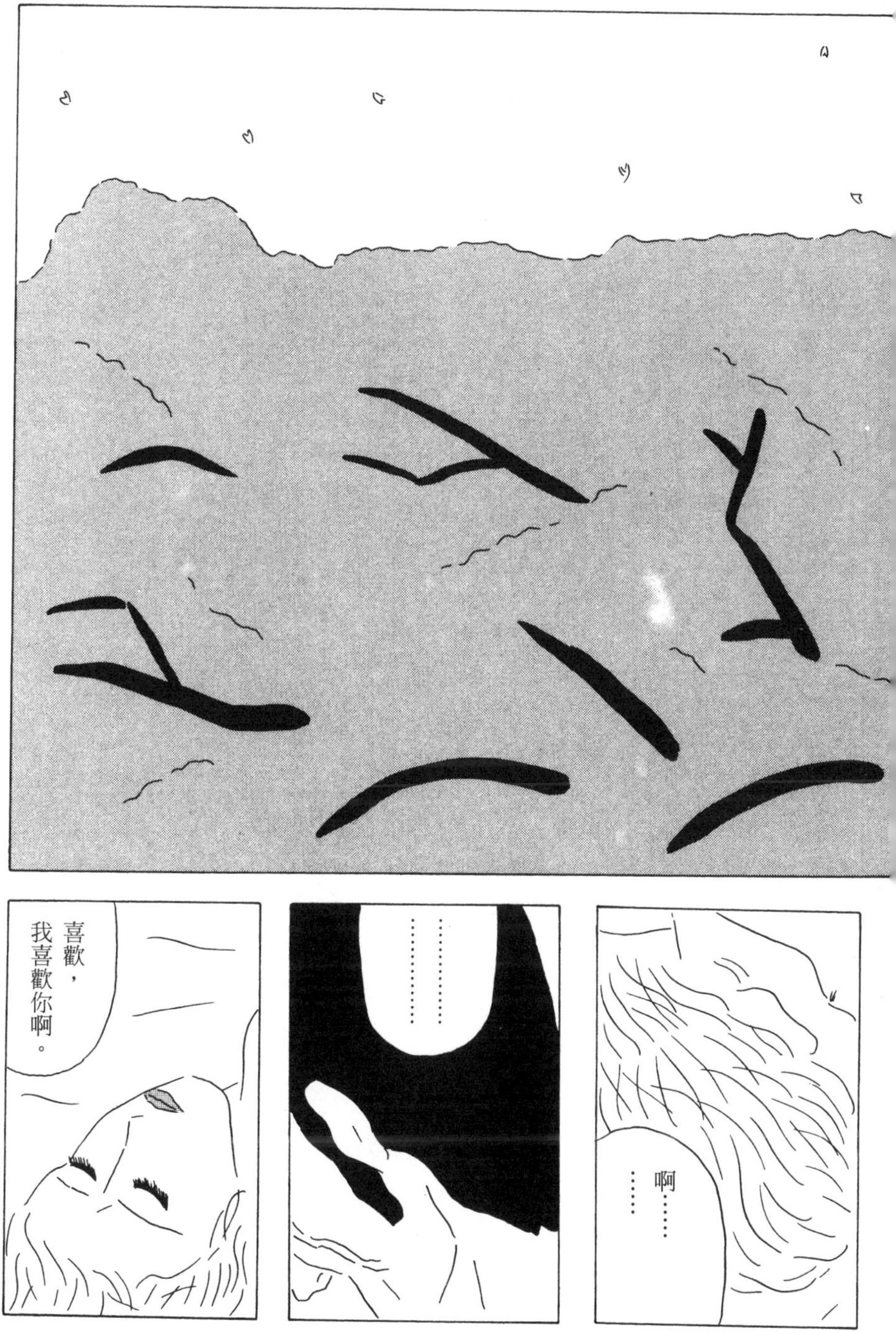
啊……
……
……
喜歡，
我喜歡你啊。

老師，剛剛那個人是？
別在意。
是說，櫻花很美吧？
我還記得喔，小西同學五年級時畫的櫻花。
啊，那是我第一次用顏料畫的圖。
櫻花，會凋謝喔。

事件發生在五天後。
哎，所以囉，如果有什麼狀況請聯絡一下。
我明白了，辛苦您了。
我聽到母親的說話聲從玄關傳來。
原來是那個常次郎犯下強盜案，被通緝了。
喝啊——
我想起孩提時代，常哥他們和隔壁鎮小混混集團起衝突時，他總是一馬當先奮戰。
來囉——
哇—
哇—
揍死他，混帳——

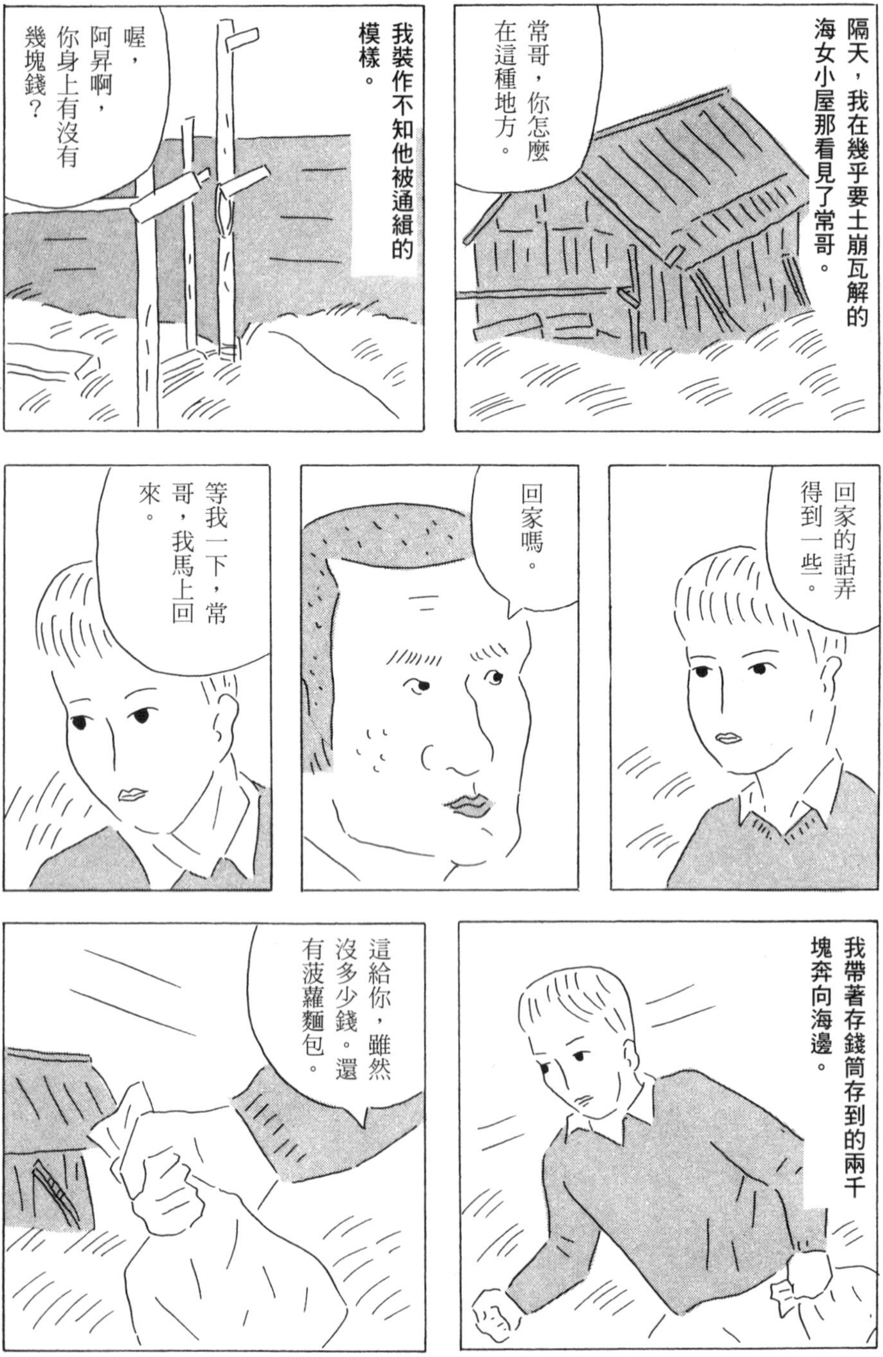
隔天，我在幾乎要土崩瓦解的海女小屋那看見了常哥。
常哥，你怎麼在這種地方。
我裝作不知他被通緝的模樣。
喔，阿昇啊，你身上有沒有幾塊錢？
回家的話弄得到一些。
回家嗎。
等我一下，常哥，我馬上回來。
我帶著存錢筒存到的兩千塊奔向海邊。
這給你，雖然沒多少錢。還有菠蘿麵包。

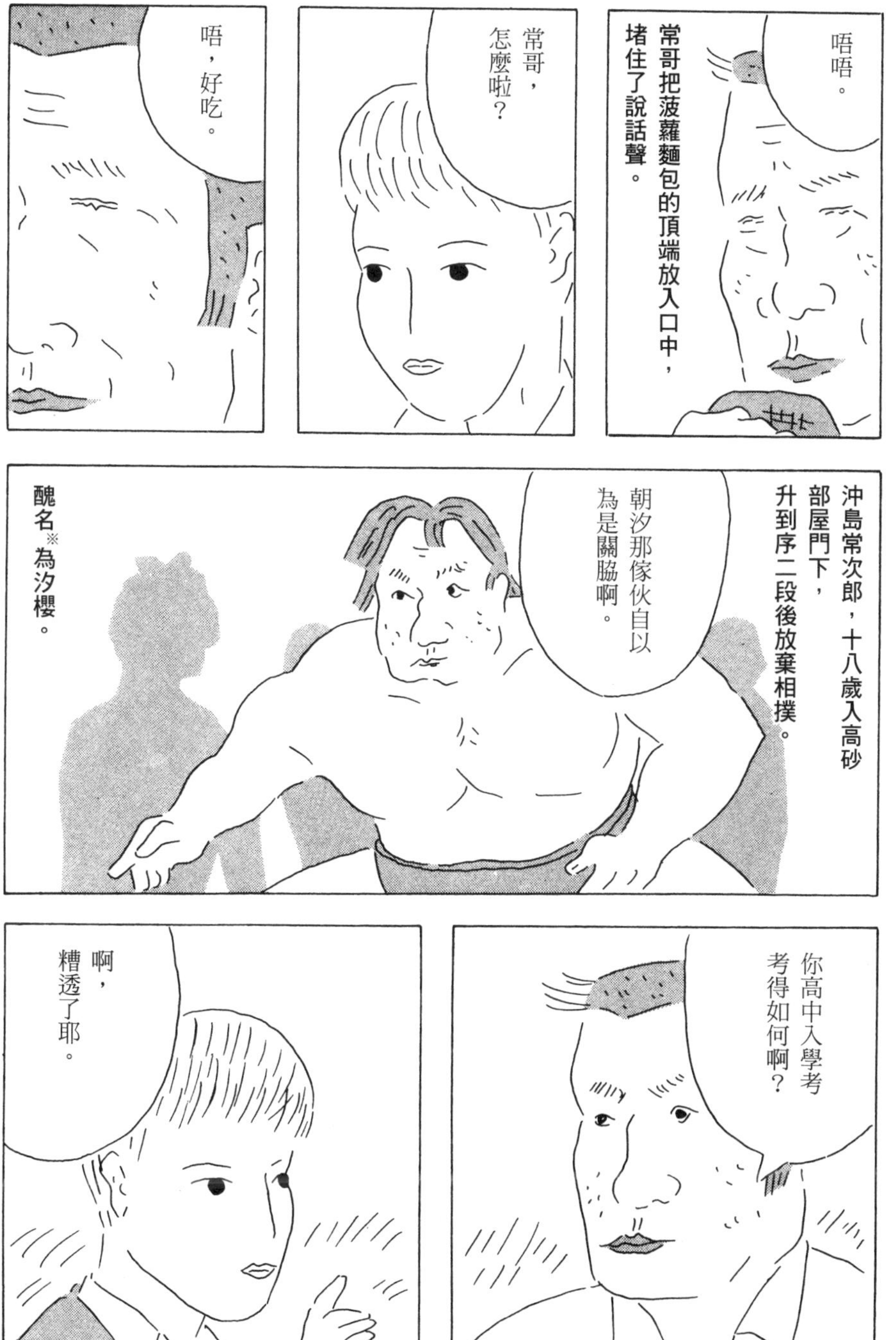


※即力士名號。後多標示為「四股名」。

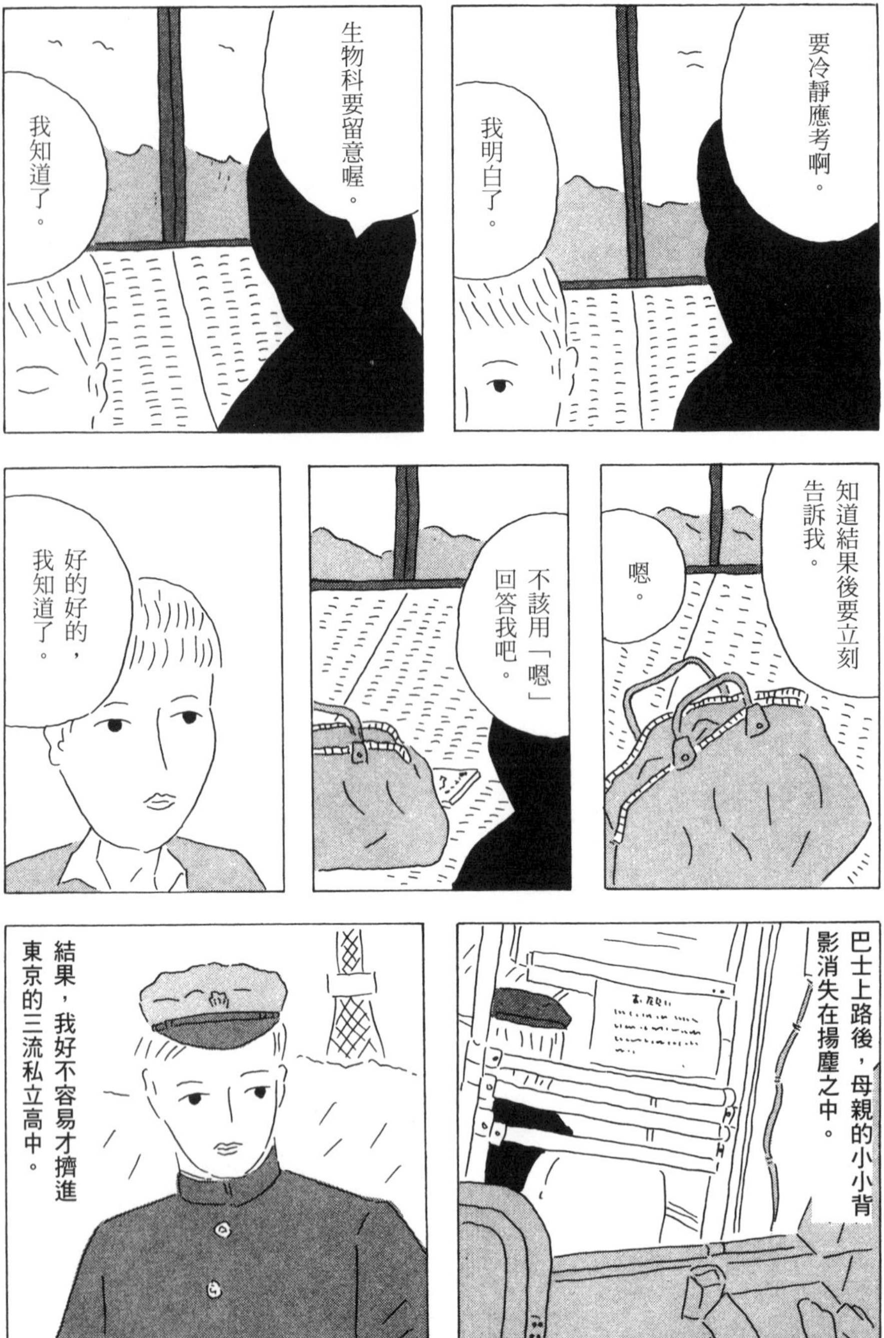
要冷靜應考啊。
我明白了。
生物科要留意喔。
我知道了。
知道結果後要立刻告訴我。
嗯。
不該用「嗯」回答我吧。
好的好的，我知道了。
巴士上路後，母親的小小背影消失在揚塵之中。
結果，我好不容易才擠進東京的三流私立高中。

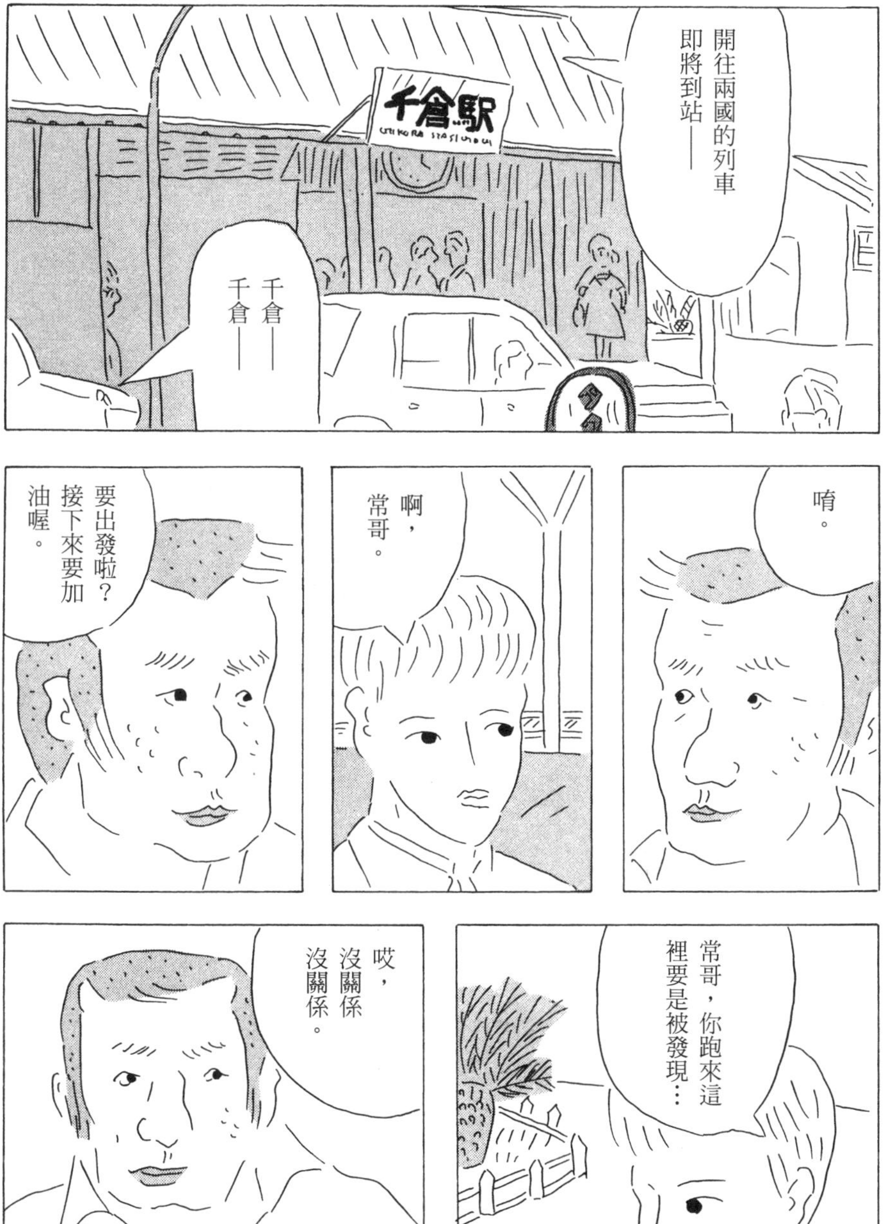
開往兩國的列車即將到站——
千倉駅
千倉千倉——
唷。
啊，常哥。
要出發啦？接下來要加油喔。
常哥，你跑來這裡要是被發現……
哎，沒關係沒關係。

保重身體。
謝謝。
要當上大臣喔。
火車進站，門關上了。我站到門邊。
加油啊，喝哈！
常次郎拍著門，不知在叫喊什麼。
我聽不太到他叫喊的內容。
喝哈！
他在門外做出大動作的四股踏※。
喝哈！

※相撲力士輪流抬高左右腳後踏地的動作。

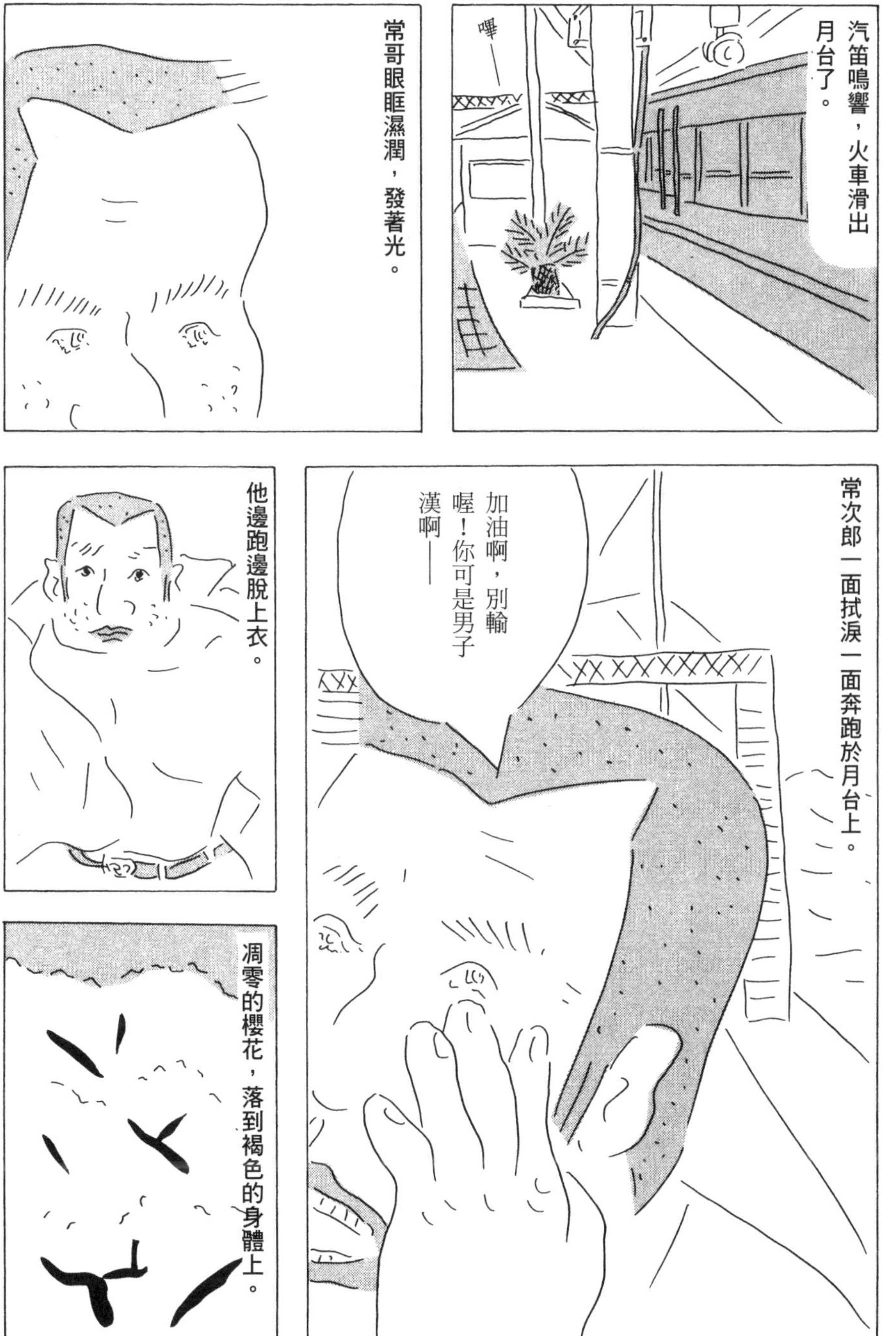
汽笛鳴響，火車滑出月台了。
嗶
常哥眼眶濕潤，發著光。
常次郎一面拭淚一面奔跑於月台上。
加油啊，別輸喔！你可是男子漢啊——
他邊跑邊脫上衣。
凋零的櫻花，落到褐色的身體上。

1978・4・3

# 防風外套

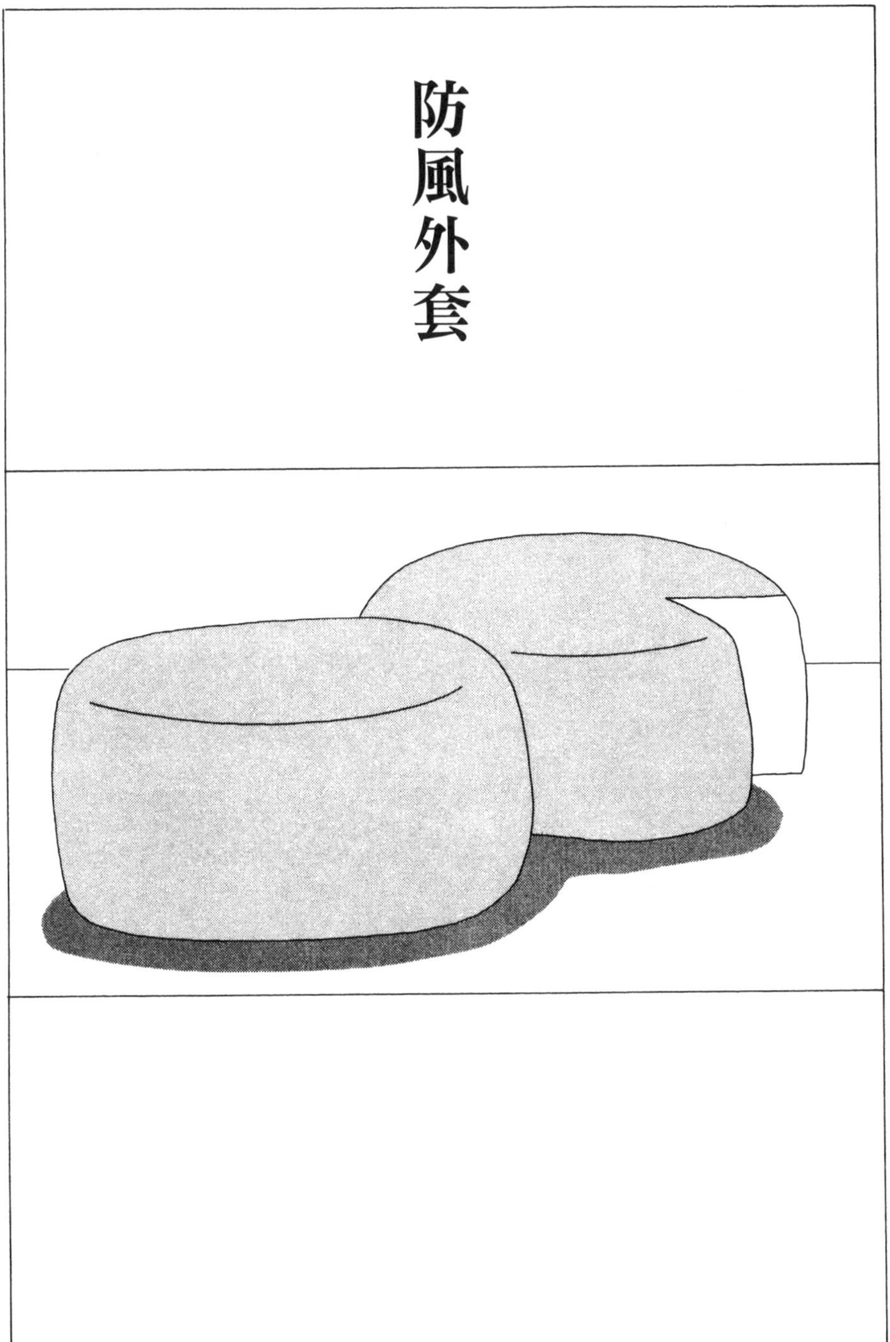

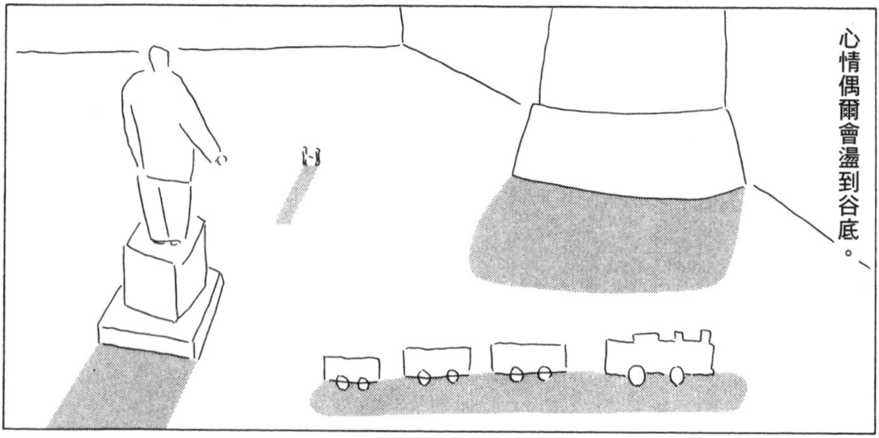
心情偶爾會盪到谷底。

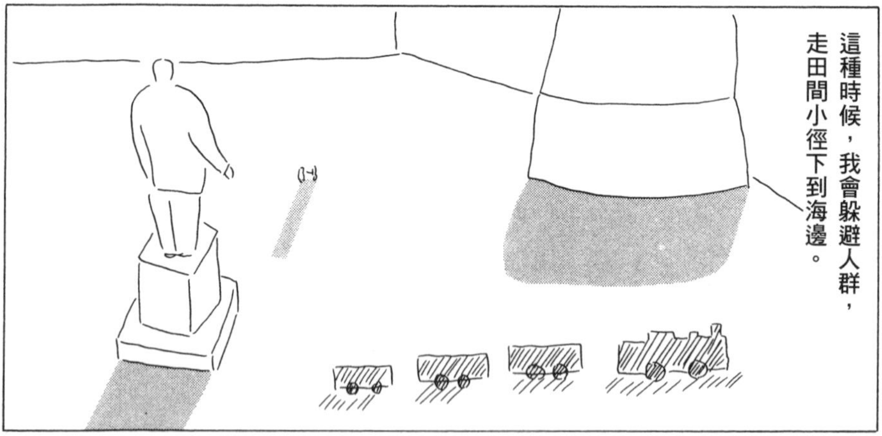
這種時候，我會躲避人群，
走田間小徑下到海邊。

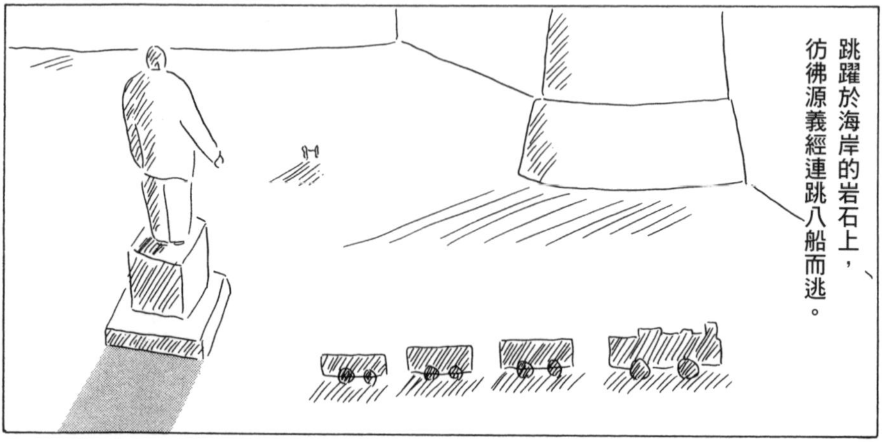
跳躍於海岸的岩石上，
彷彿源義經連跳八船而逃。

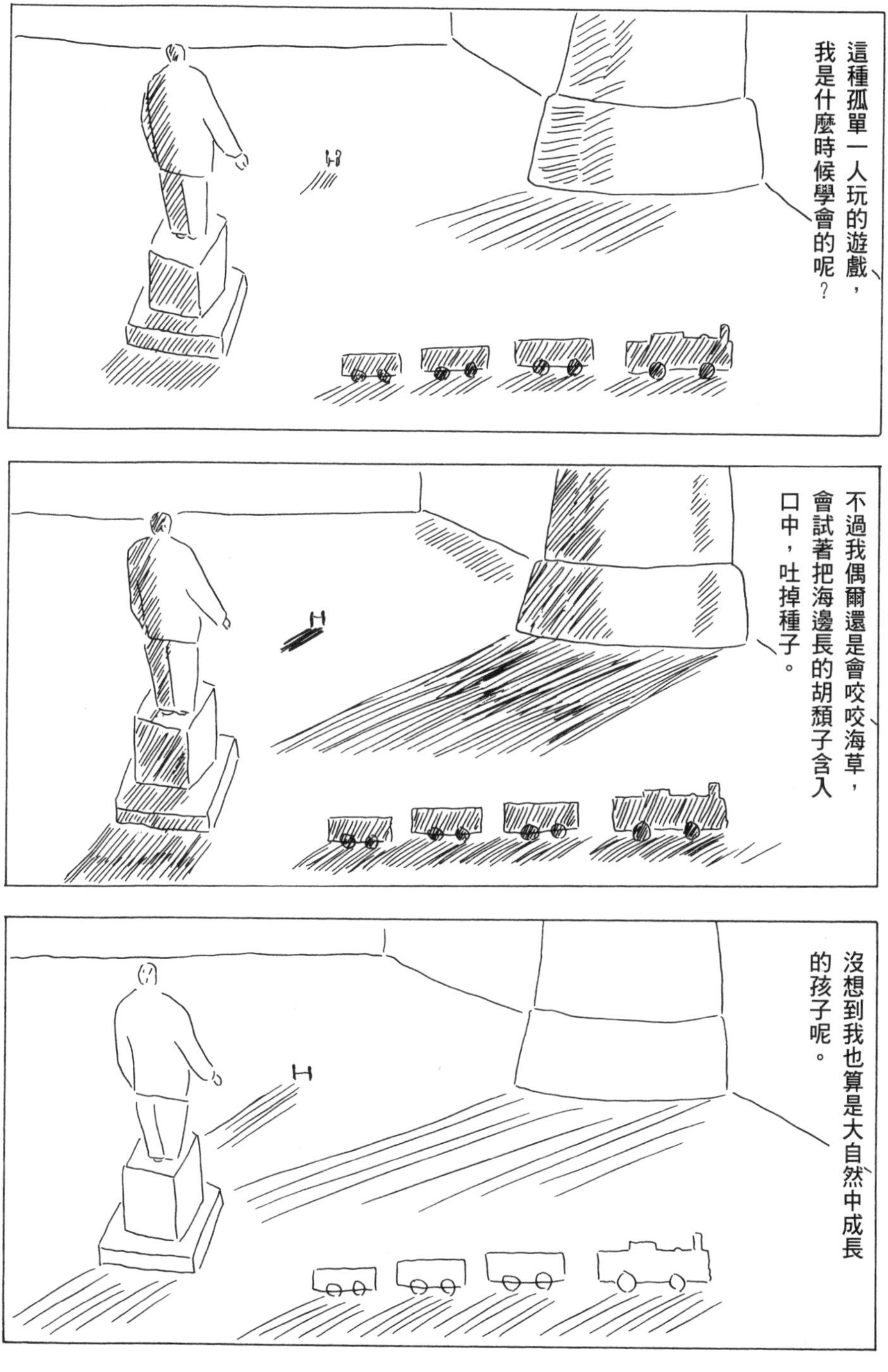
這種孤單一人玩的遊戲，
我是什麼時候學會的呢？
不過我偶爾還是會咬咬海草，
會試著把海邊長的胡頹子含入
口中，吐掉種子。
沒想到我也算是大自然中成長
的孩子呢。

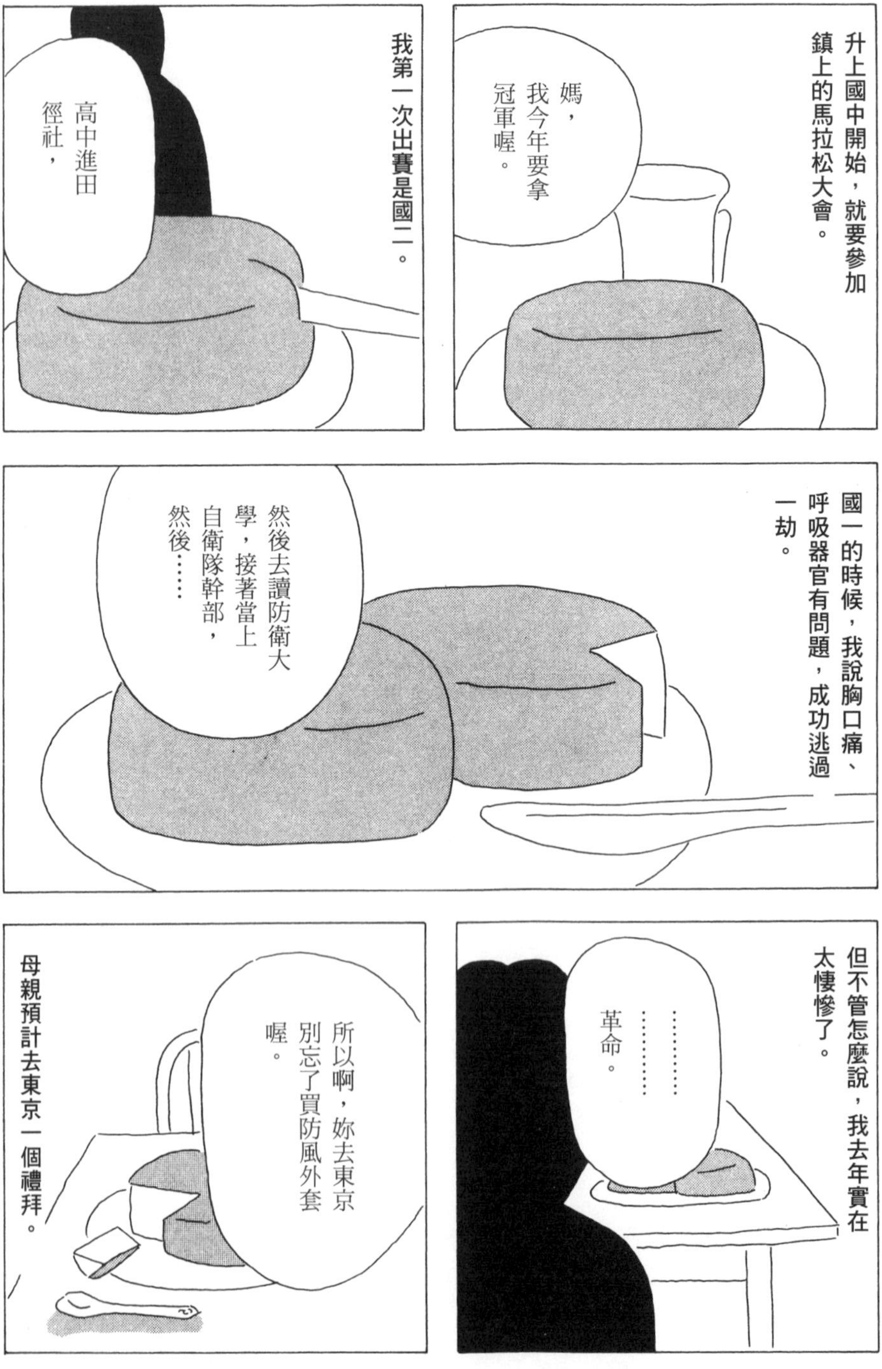
升上國中開始，就要參加鎮上的馬拉松大會。
媽，我今年要拿冠軍喔。
我第一次出賽是國二。
高中進田徑社，
國一的時候，我說胸口痛、呼吸器官有問題，成功逃過一劫。
然後去讀防衛大學，接著當上自衛隊幹部，然後……
但不管怎麼說，我去年實在太悽慘了。
…………革命。
所以啊，妳去東京別忘了買防風外套喔。
母親預計去東京一個禮拜。

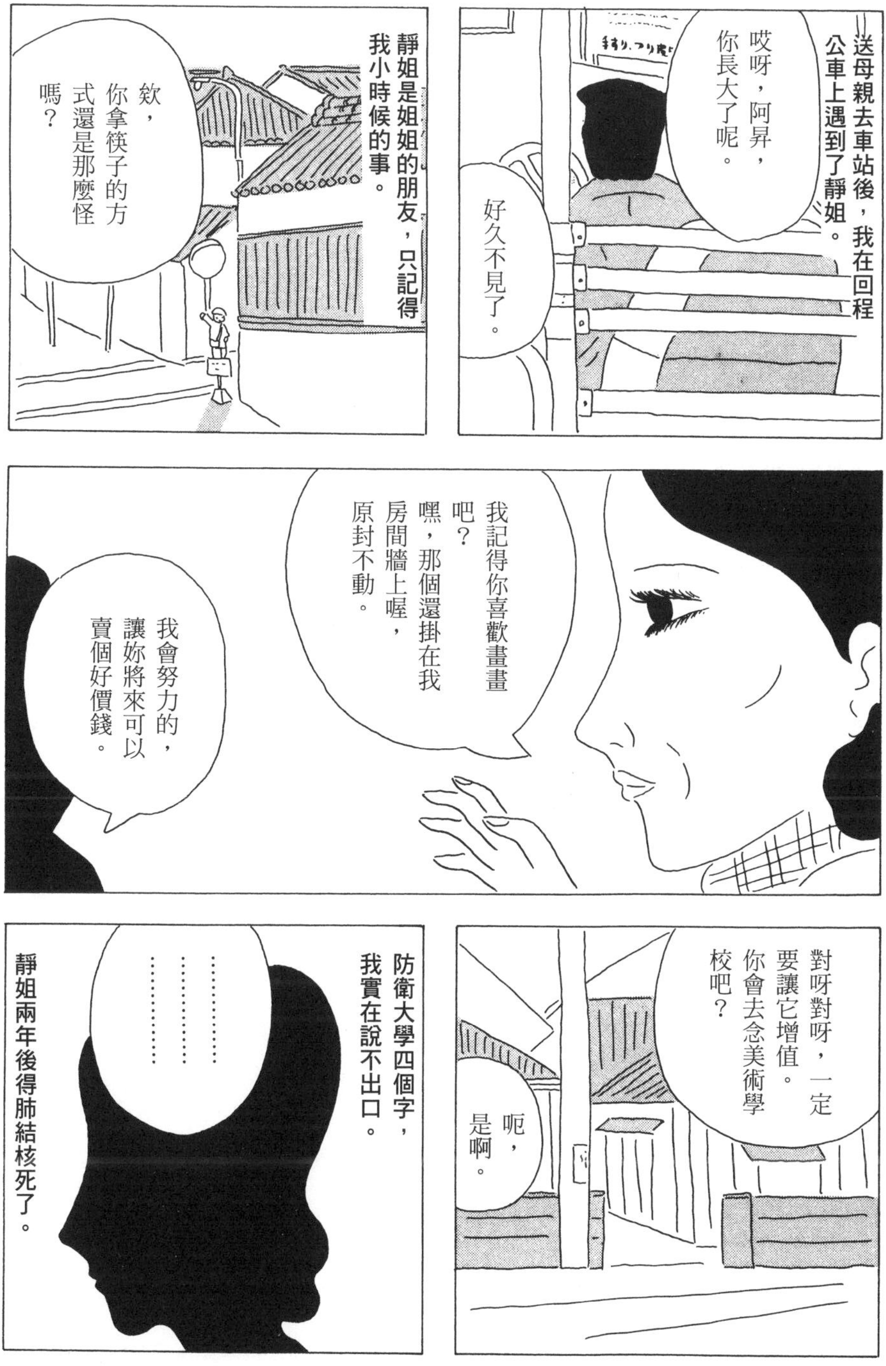
送母親去車站後，我在回程公車上遇到了靜姐。
哎呀，阿昇，你長大了呢。
好久不見了。
靜姐是姐姐的朋友，只記得我小時候的事。
欸，你拿筷子的方式還是那麼怪嗎？
我記得你喜歡畫畫吧？嘿，那個還掛在我房間牆上喔，原封不動。
我會努力的，讓妳將來可以賣個好價錢。
對呀對呀，一定要讓它增值。你會去念美術學校吧？
呃，是啊。
防衛大學四個字，我實在說不出口。
……
靜姐兩年後得肺結核死了。

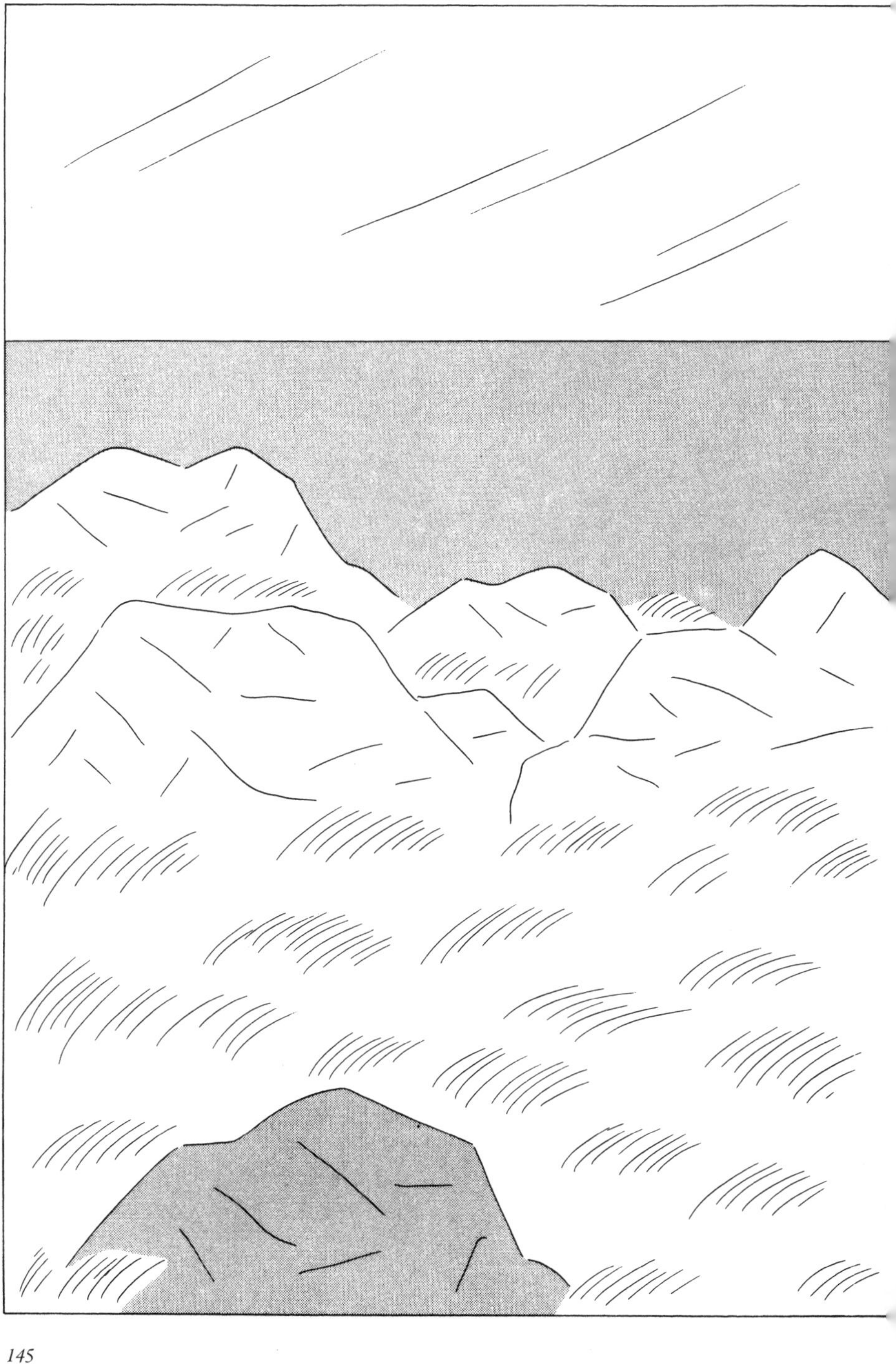

馬拉松大會那天早晨，烏雲密布而低垂。
是不是有點大啊。
這樣就可以啦。
我穿上母親買回來的防風外套，出門去了。
我會拿冠軍喔，今天就麻煩妳炊紅豆飯囉。
鎮上特設運動場擠滿了人。
阿昇。
啊，波波壁老師。
你穿的這個很棒耶。
啊，這是我媽硬要我穿上的。
我這人有彆扭的一面。
別太勉強身體喔，你很虛呀。
好的，我今早開始也有點在咳嗽，咳咳。

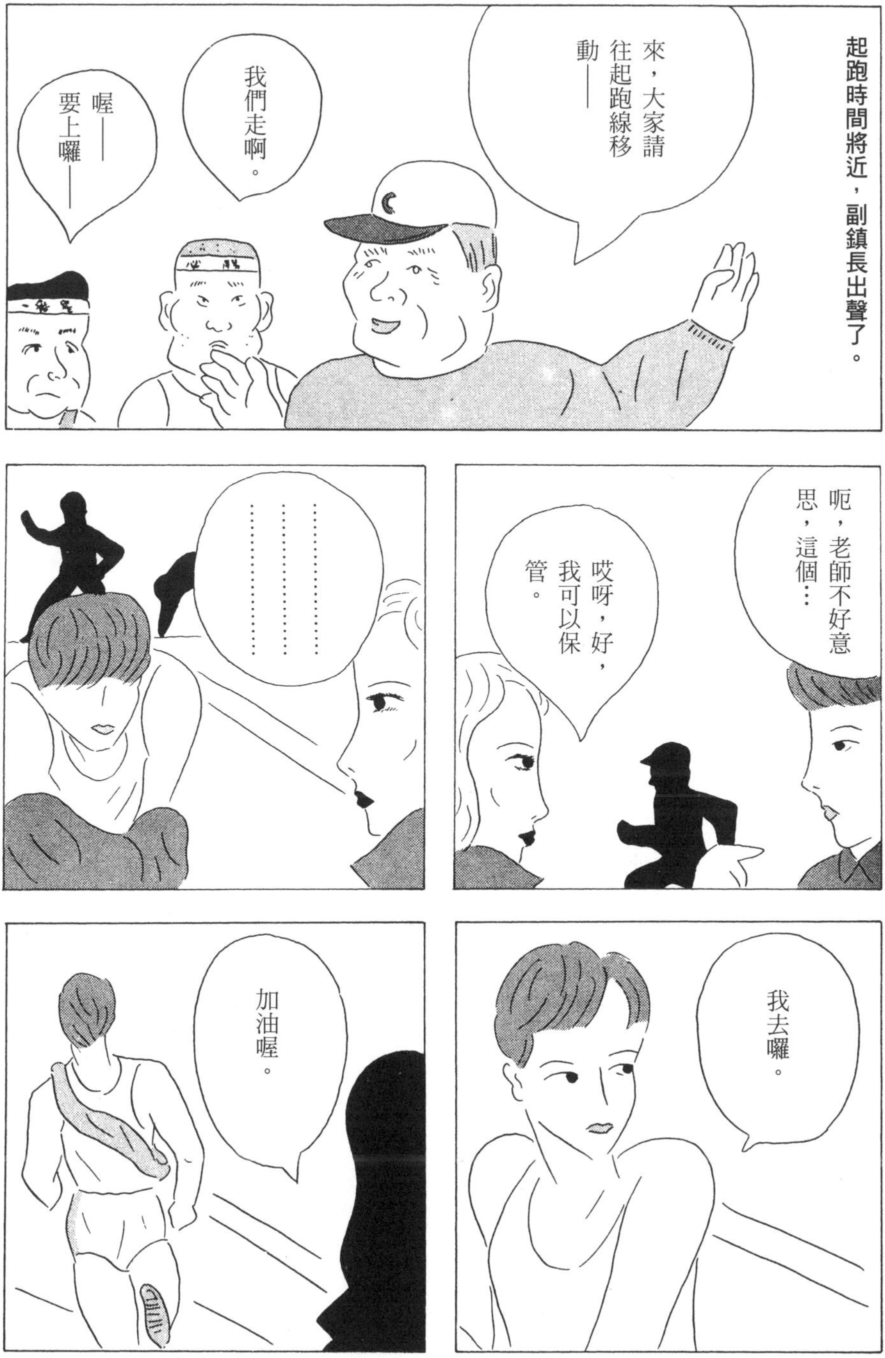
起跑時間將近，副鎮長出聲了。
來，大家請往起跑線移動——
我們走啊。
喔——要上囉——
呃，老師不好意思，這個……
哎呀，好，我可以保管。
………………
我去囉。
加油喔。

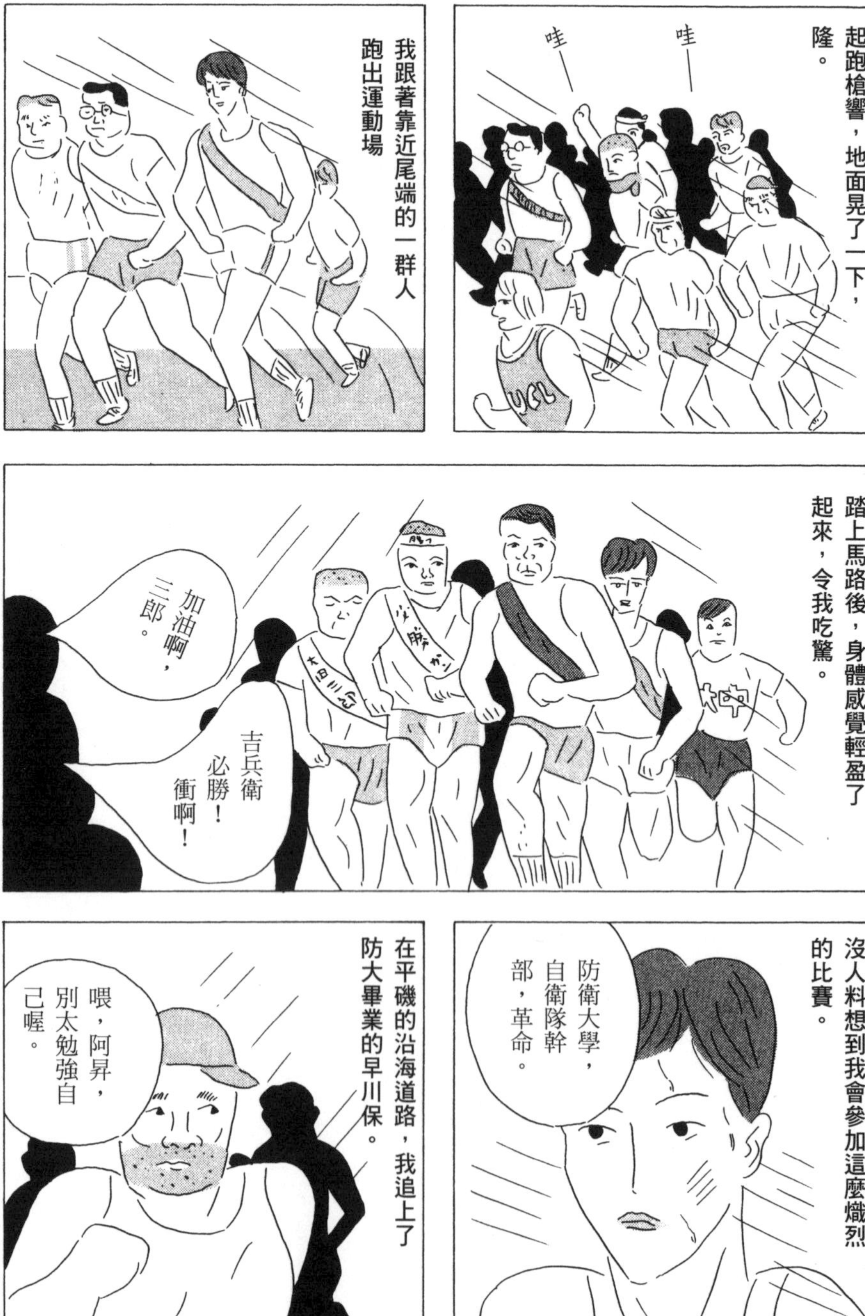
起跑槍響，地面晃了一下，隆。
哇
哇
我跟著靠近尾端的一群人跑出運動場
踏上馬路後，身體感覺輕盈了起來，令我吃驚。
加油啊，三郎。
吉兵衛必勝！衝啊！
沒人料想到我會參加這麼熾烈的比賽。
防衛大學，自衛隊幹部，革命。
在平磯的沿海道路，我追上了防大畢業的早川保。
喂，阿昇，別太勉強自己喔。

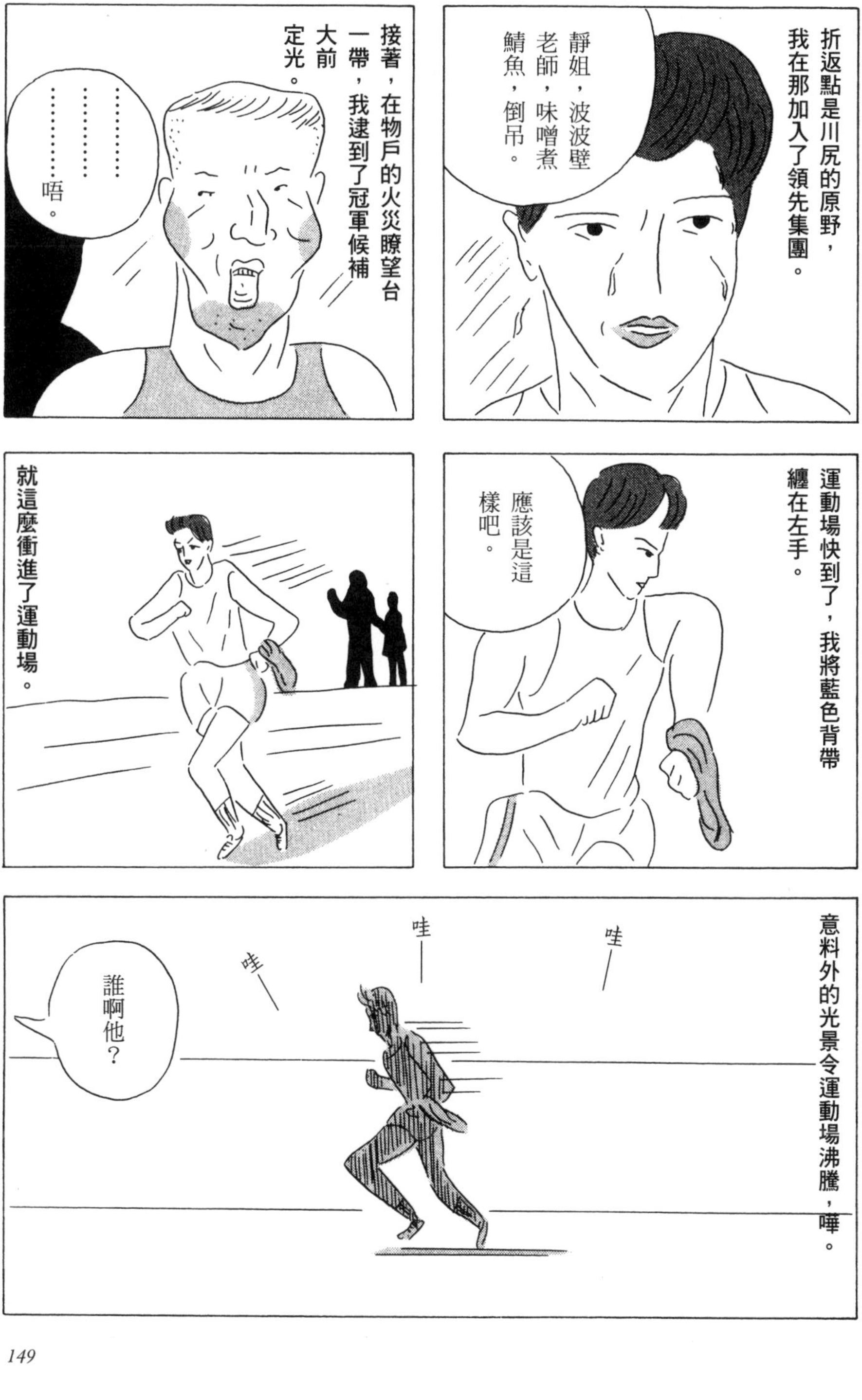
折返點是川尻的原野，我在那加入了領先集團。
靜姐，波波壁老師，味噌煮鯖魚，倒吊。
接著，在物戶的火災瞭望台一帶，我逮到了冠軍候補大前定光。
………………唔。
運動場快到了，我將藍色背帶纏在左手。
應該是這樣吧。
就這麼衝進了運動場。
意料外的光景令運動場沸騰，嘩。
哇—
哇—
哇—
誰啊他？

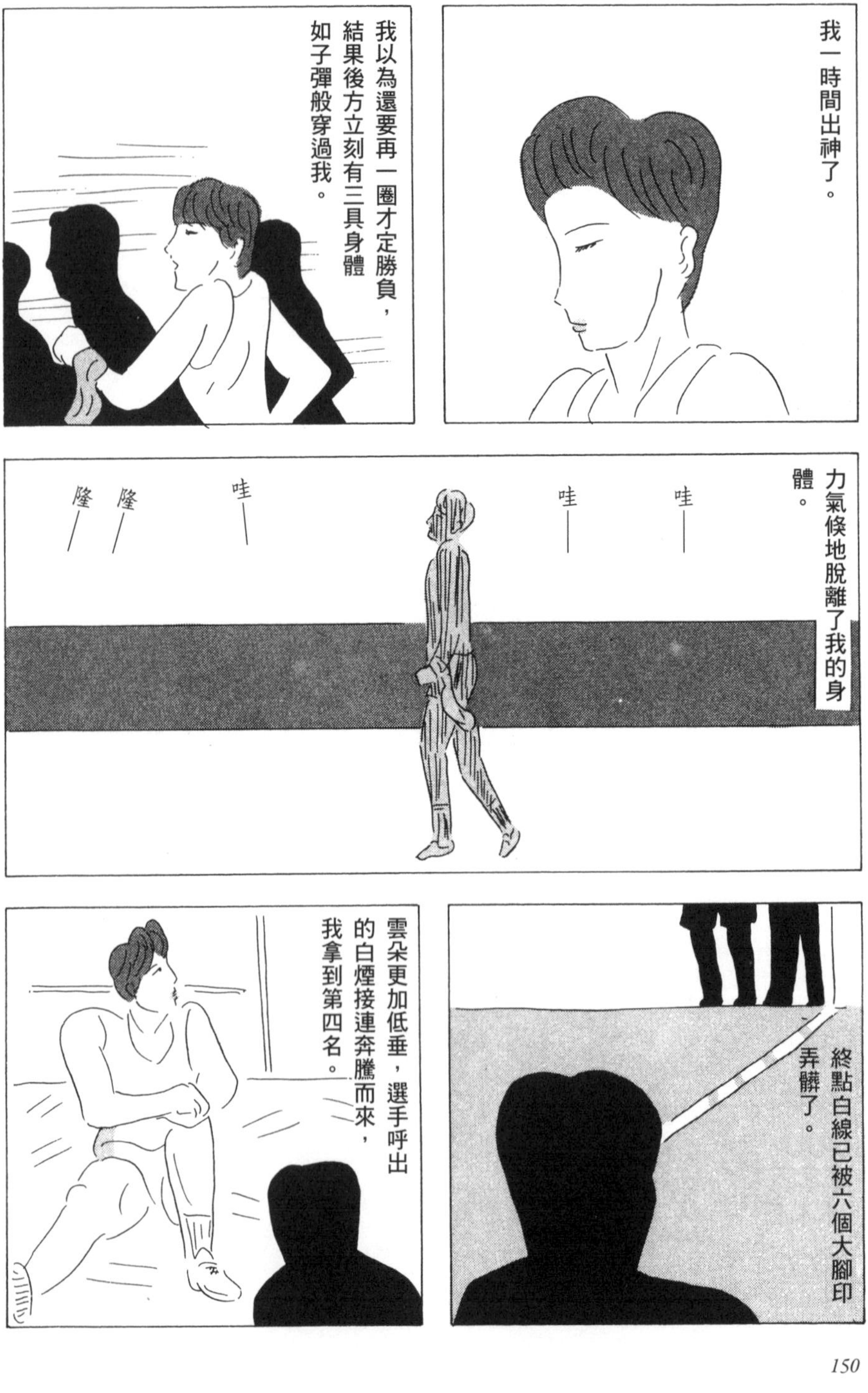

我一時間出神了。
我以為還要再一圈才定勝負，
結果後方立刻有三具身體
如子彈般穿過我。
力氣倏地脫離了我的身體。
哇—
哇—
哇—
隆—
隆—
終點白線已被六個大腳印
弄髒了。
雲朵更加低垂，選手呼出
的白煙接連奔騰而來，
我拿到第四名。

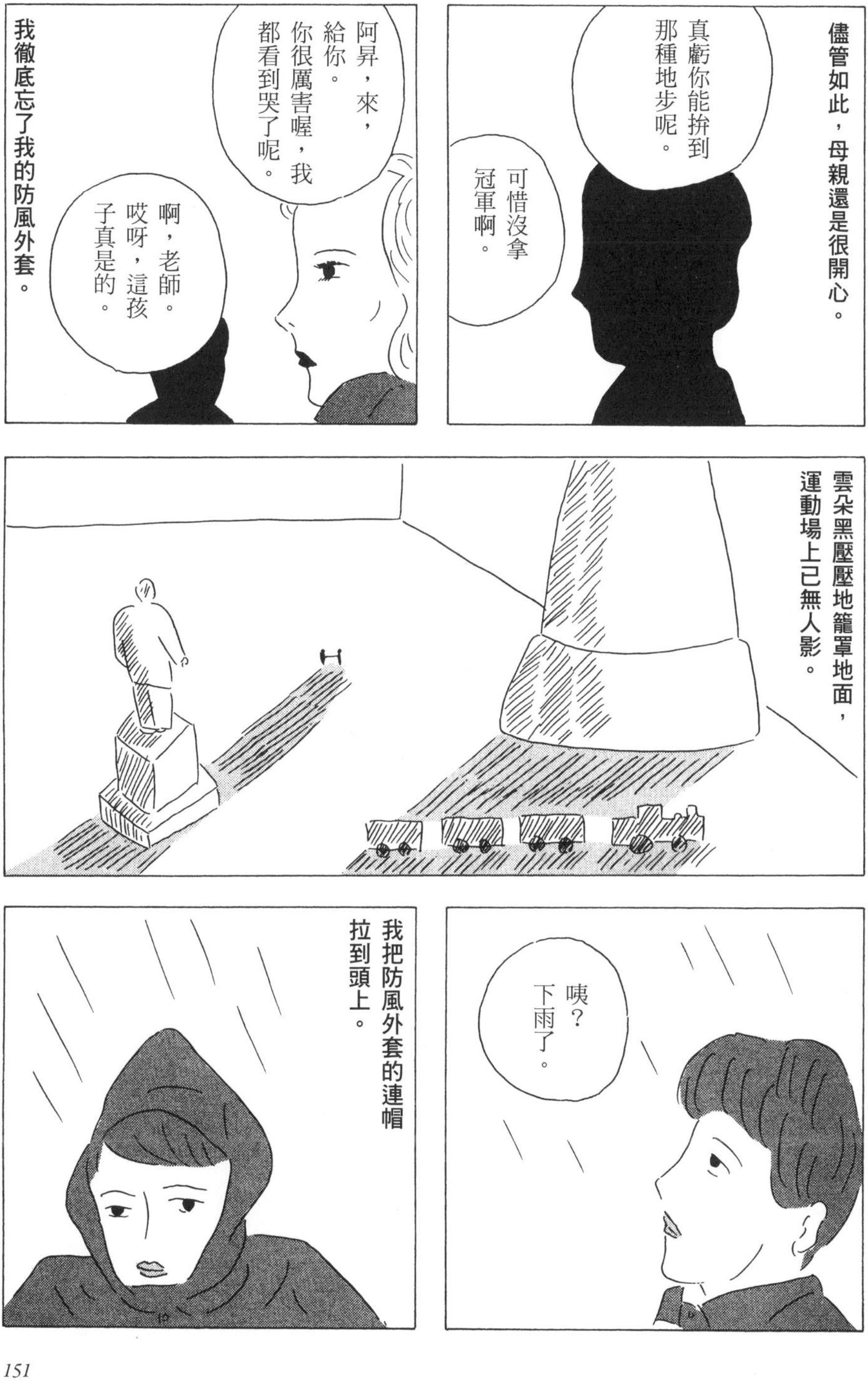
儘管如此，母親還是很開心。
真虧你能拚到那種地步呢。
可惜沒拿冠軍啊。
阿昇，來，給你。你很厲害喔，我都看到哭了呢。
啊，老師。哎呀，這孩子真是的。
我徹底忘了我的防風外套。
雲朵黑壓壓地籠罩地面，運動場上已無人影。
咦？下雨了。
我把防風外套的連帽拉到頭上。

雨水沾濕防風外套的聲音，
如歡呼般打在耳邊，
如歡呼般打在耳邊。
哇──
哇──

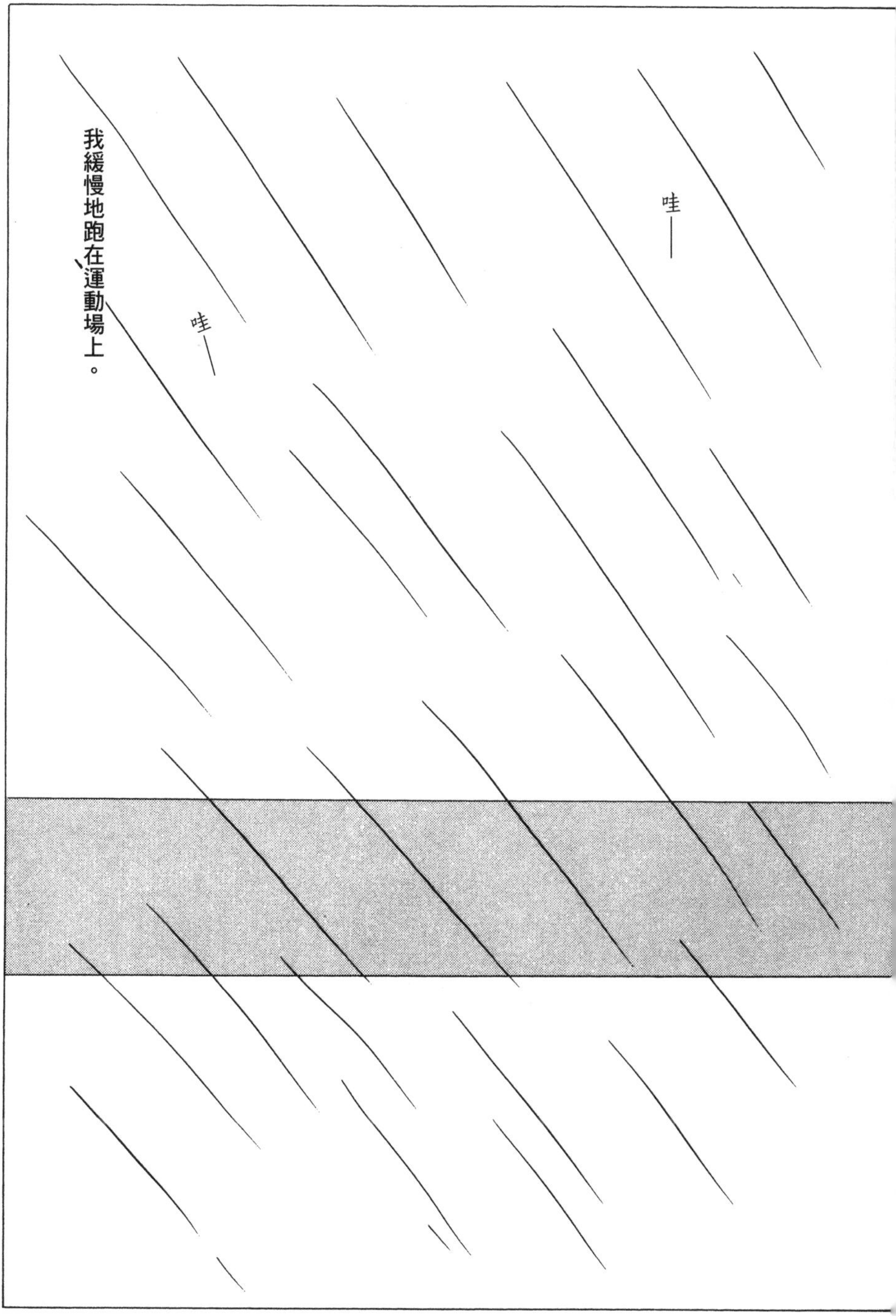
我緩慢地跑在運動場上。
哇——
哇——

1980・2・5

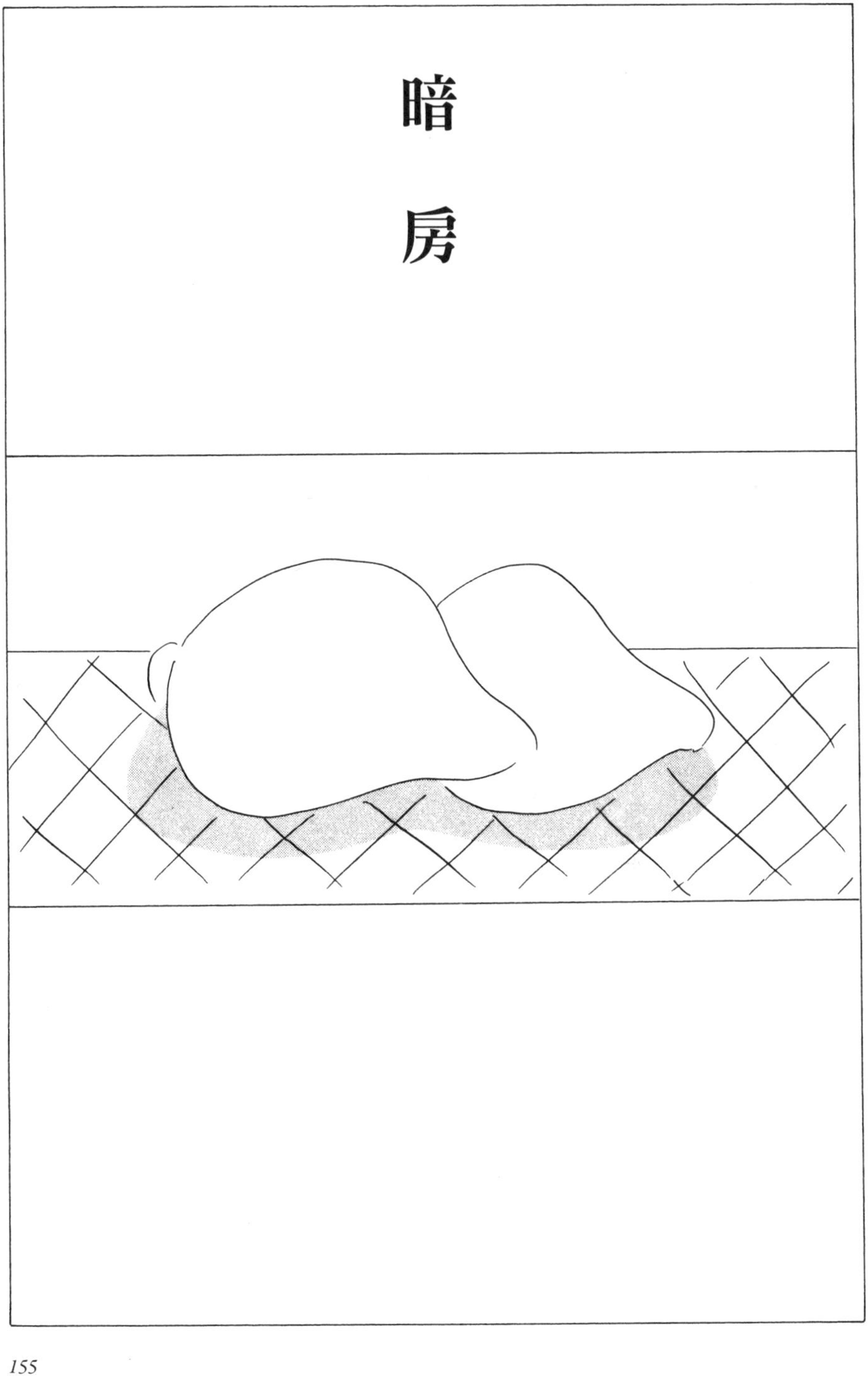
暗房

卡蒂爾—布列松[1]
太討厭人類，
以至於愛不了人類……之類的。
羅伯特・卡帕[2]
太愛人類，
以至於討厭不了人類……之類的。

1 被譽為現代新聞攝影創立人，曾前往政權更替後的中國從事紀實攝影。

2 知名戰地攝影記者，報導過數場二十世紀的主要戰爭。

印象中，我曾以上述文字開頭，
在攝影作品課上
書寫了他們兩個人的攝影論。

寶田一美是攝影系的，正在應徵報導部門的工作。
唷，等很久嗎？
我和他約在圖書室碰面。
我也才剛到喔。
那陣子，我和寶田在N放送局的攝影室打工。
你習慣暗房了嗎？
稍微習慣了，一開始覺得味道很像壽司店呢。
希望你早點學會放大沖洗呢，我有好東西要給你看。
好東西是什麼啊？
就那個啊，有個拍商攝的傢伙叫島健對吧？他可威了。

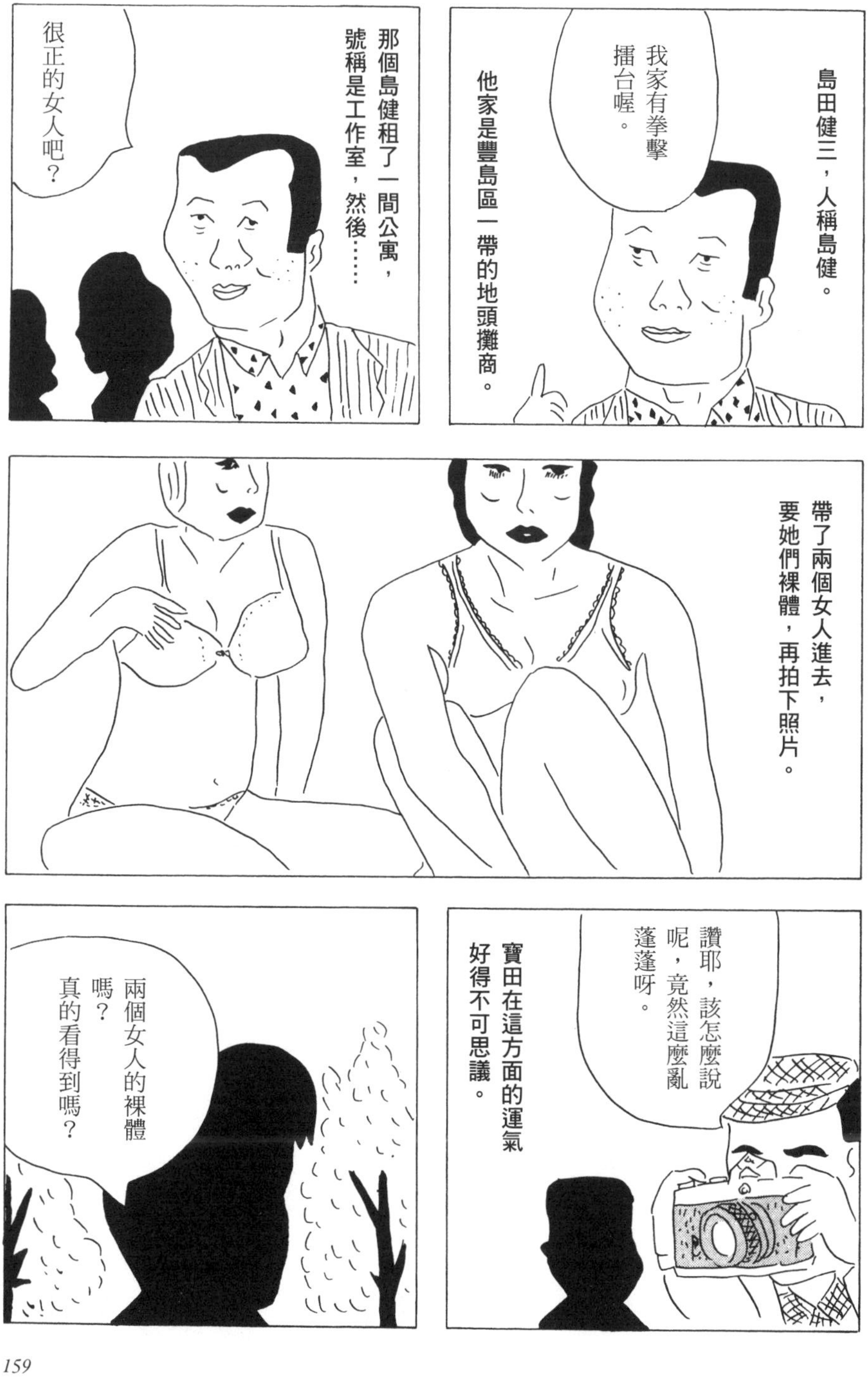
島田健三，人稱島健。
我家有拳擊擂台喔。
他家是豐島區一帶的地頭攤商。
那個島健租了一間公寓，號稱是工作室，然後……
很正的女人吧？
帶了兩個女人進去，要她們裸體，再拍下照片。
讚耶，該怎麼說呢，竟然這麼亂蓬蓬呀。
寶田在這方面的運氣好得不可思議。
兩個女人的裸體嗎？真的看得到嗎？

在圖書室窗邊，
看得見音樂教室。
銀杏沿教室
排成一列，
有某人在彈鋼琴。

三杉惠子是N放送局的職員。
小西同學，今天待得很晚呢。
那一天，我剩了些工作沒做完。
不，我正要走呢。
哎呀，我也要回去囉。
我們走同一條路前往車站。
小西同學是學美術的吧，你也拍照嗎？
我們也有攝影課喔，不過我只是拍著玩啦。閒閒沒事就拍一下。
已經入冬了呢。
變冷了呢。
欸，小西同學，要不要去喝一杯？
喔。
我們進了一個小小的酒吧。

妳喜歡喝酒嗎？
你不知道嗎？我可是酒精中毒喔。
會討厭我這種女人嗎？
不，我的幾個姐姐也會喝酒。
會畫圖真好呀。我什麼都不會，徒增年歲……
我扮演女性的傾訴對象，對此感到意外地滿足。
沒那回事啊，我媽到現在還會說畫畫不是男孩子該做的事。
她漸漸醉了。
欸，我告訴你一個秘密吧。
請。
我曾經拿掉我和寶田同學的孩子喔。
我也有點醉了。
怎麼會？我無法相信。

隔天早上，我看著窗外風景，吃了一驚。
咦？怎麼回事？
橫看豎看，這都是一個陌生的房間。
哇—慘啦。
我打開窗戶，看到光禿禿的木蘭樹梢隨著冰冷秋風搖曳。
樓下傳來女人的聲音，我於是按住睡衣的胸口。
這是給女人穿的。
你醒啦，小西同學。
語言不斷變幻成白煙。
吃點早餐再走吧。
我慌了，或者說，不知所措。

之後，我打工休了三天左右。
阿昇，電話喔。
是寶田打來的。
立刻過去嗎？嗯，那我過去喔。
會是三杉惠子的事引發了什麼狀況嗎？
我不安了起來。
從我家走四、五分鐘就會到寶田家。
可以進去嗎？
進入前請先出聲
暗房
可啊，快點快點。
喏，就是這個喔，之前在島健那裡拍的。
他在獨棟設置的暗房內。
兩名裸女橫陳在照片中，
神色哀戚。

隔天，我去打工了。
我要使用三號暗房——
今天真冷啊。
我打開收音機，音量轉得小小的。天氣預報說晚上會下雪。
就在這時，
啊。
陰暗處散發出女性的氣味。
你繼續，不用管我。
原來三杉惠子早已在暗房內。
紅外線燈光染上她的白上衣。
………
………

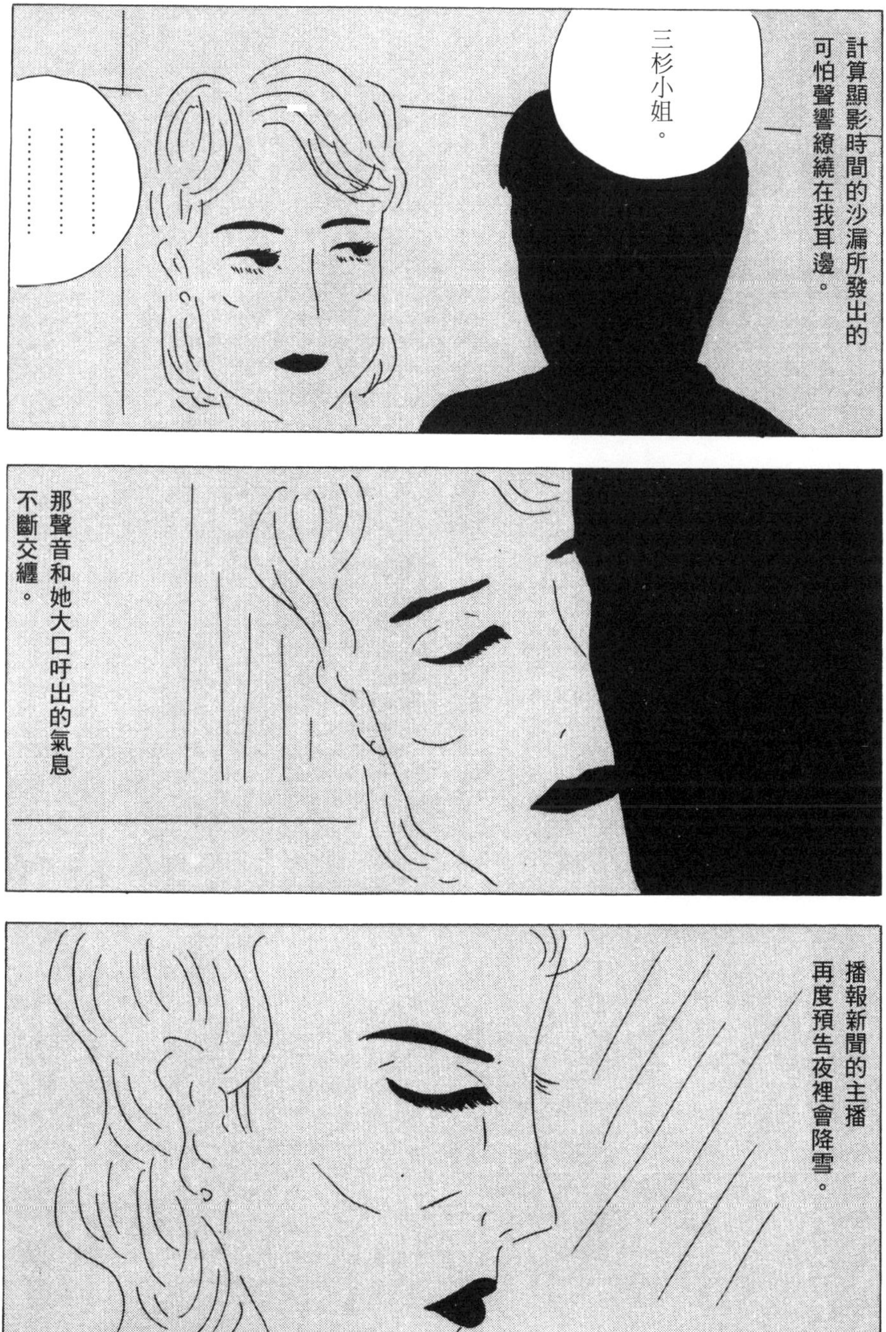
計算顯影時間的沙漏所發出的
可怕聲響繚繞在我耳邊。
三杉小姐。
……
那聲音和她大口吁出的氣息
不斷交纏。
播報新聞的主播
再度預告夜裡會降雪。

東京地區今晚至清晨應會下雪。

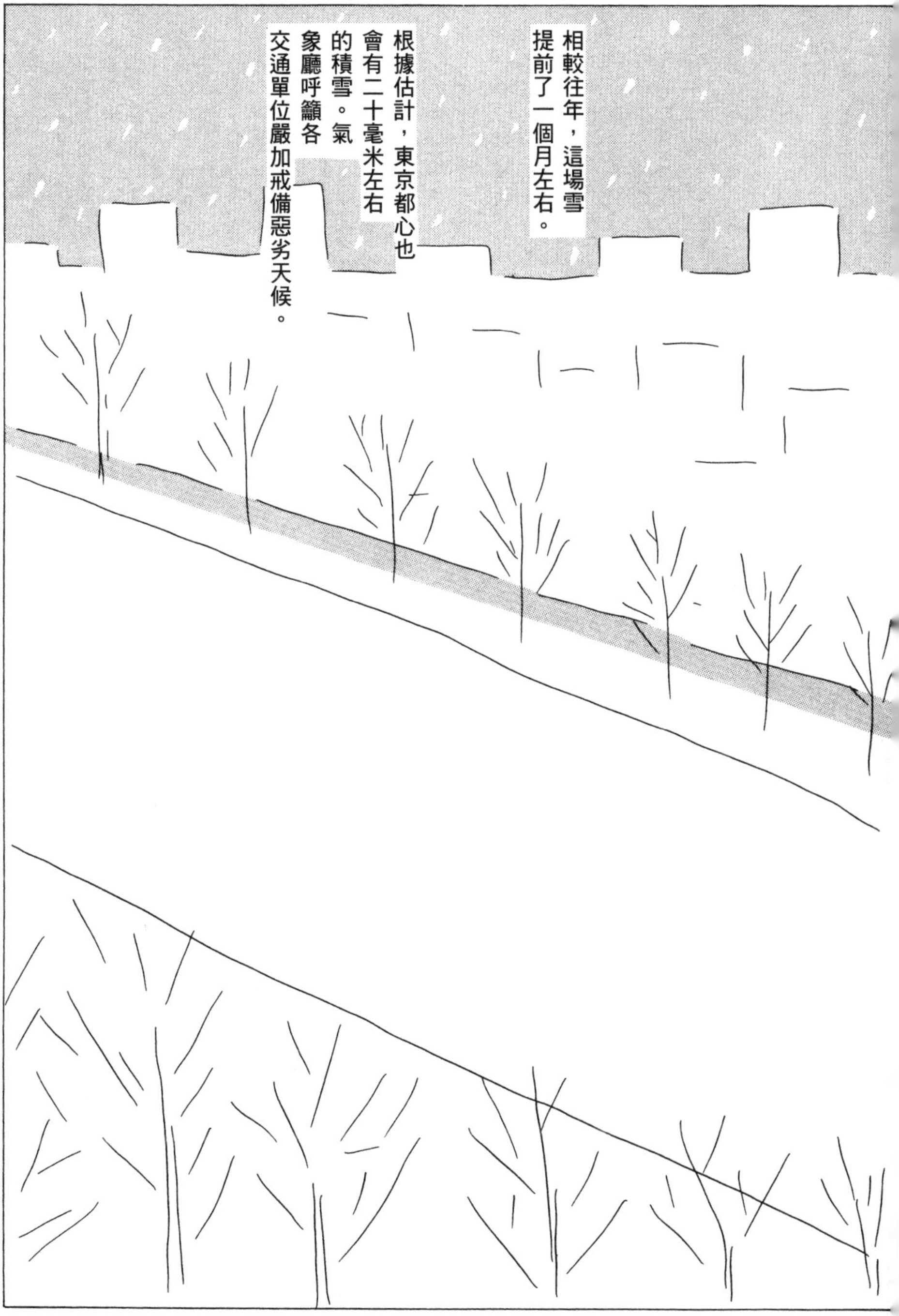
相較往年，這場雪提前了一個月左右。
根據估計，東京都心也會有二十毫米左右的積雪。氣象廳呼籲各交通單位嚴加戒備惡劣天候。

卡蒂爾—布列松太討厭人類，
以至於愛不了人類……之類的。

羅伯特·卡帕 太愛人類，
以至於討厭不了人類……之類的。

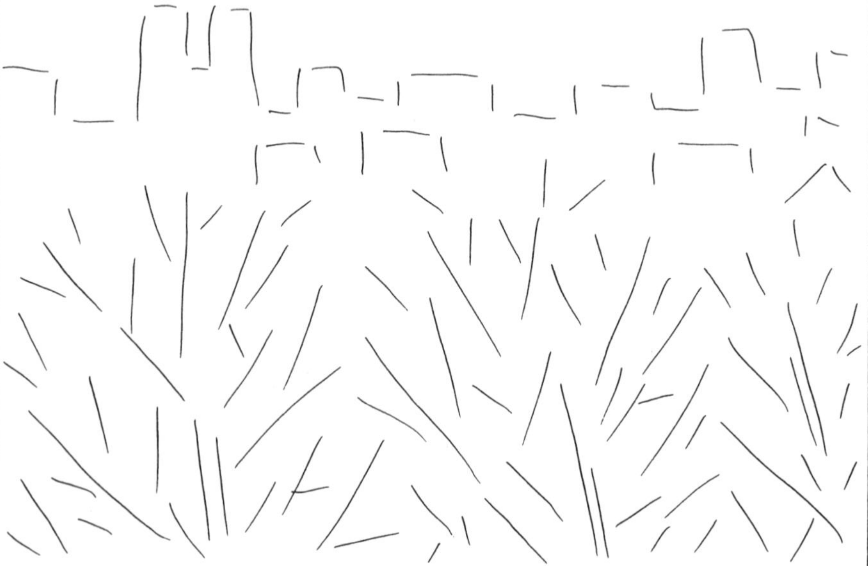

1980・11・13

# 後記

「單色風景畫」

從赤坂過弁慶橋，爬上紀尾井坂後往四谷站的方向看，便是延展開來的上智大學堤防。坐在這堤防的草地上，國會圖書館（現在的迎賓館）的青銅屋頂會從正面映入眼簾。土堤下方有上智大學的網球場，球彈跳的聲響聽起來無比悠閒，一下子被都電車輪疾馳的聲音蓋過，一下子又傳回耳中。

四谷有個町叫荒木町，我的阿姨住在那裡。她單身，住在僱用她的油商家中。那裡的老闆娘是三味線老師，我去玩的時候總是會碰到許多年輕藝伎或大學長歌研究會的學生，看他們拍自己的膝蓋學打節奏等等的。升上高中後，阿姨每個月都會買一本叫《美術手帖》的雜誌給我。最早買給我的那本是基里訶特輯，當時我認為他的線條十分沉靜，很不可思議。阿姨在我大學畢業幾年後的某個下雪天，因癌症去世了。

我的戶籍在赤坂丹後町，現在成了赤坂四丁目。從

家裡走向赤坂見附的途中，有一所女校叫山脇學園，它的高中部和短大之間夾著一條坡道叫丹後坂。該校的校徽是中間畫著富士山的愛心圖案。走在丹後坂一帶，經常會碰見身穿白衣（大概是剛結束家政科實習吧）的短大生。這種時候，我大多會壓低帽簷，通過他們身旁。

赤坂見附前面坐落著一條商店街，叫一木通，四號和六號是緣日[1]。小時候，我會在夜晚間攤販買中日龍的七寶燒腰帶釦之類的玩意兒。小四開始，我就喜歡上中日龍的西澤一壘手了。沒記錯的話是在高二那年，我前往一木通寄暑期問候明信片，結果碰上傍晚陣雨，匆匆忙忙地衝進一家叫立田野的餡蜜店，只好點了冰淇淋餡蜜來吃。

1 與神佛結下因緣的日子，多為神佛誕生或誓願之日。

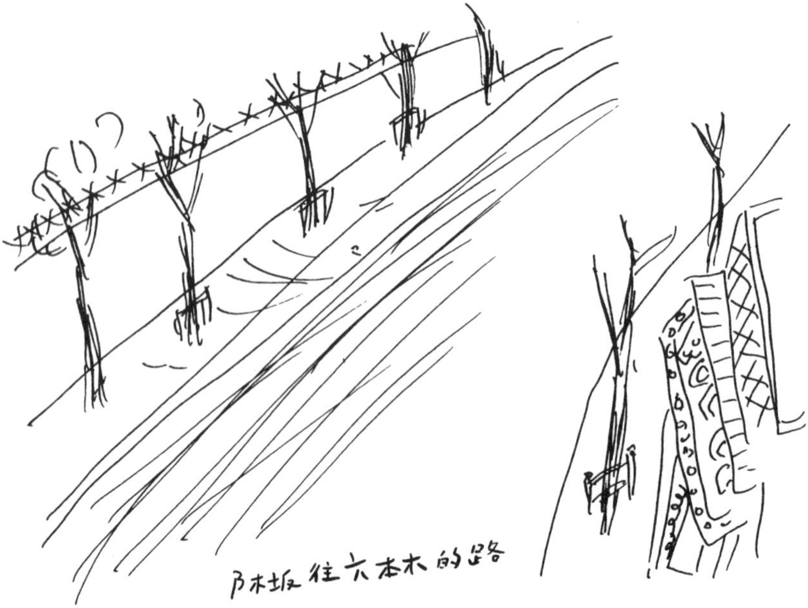


我喜歡有坡道的城鎮。順帶一提，我年輕時住過紐約曼哈頓幾年，那也是一個坡道很多的都會。曼哈頓據說是印地安人的語彙，意思是多坡地之島。如果要從我在赤坂的家走路前往乃木坂方向，越過赤坂台町山丘的路是最近的一條。走下台町的坡道會碰到一家旅館，名叫南國旅館，從那裡右轉便會到達乃木坂。爬上乃木坂則會經過一家叫窩瓦的俄羅斯餐廳。某些時候，比方說吹北風的傍晚，巴拉萊卡琴的樂音會乘風飄揚。我經常從那一帶散步到六本木去。討厭招搖的母親常對我說：「你要是圍紅色圍巾走在六本木之類的地方，我會羞到無地自容。」母親是明治時代的女子。

我會走工人風，將圍巾繫在脖子上徒步。據說亞美迪歐．莫迪利亞尼會將圍巾繞在頸間，讓它尾端隨風飄揚，以如此姿態在蒙帕納斯的酒館現身。

少年時代，我生活在一個叫千倉的海邊小鎮，偶爾

相生橋上所見的景色

會被母親帶到哥哥姐姐等人居住的東京。房總西線的列車若在傍晚時分逼近兩國站，映入眼簾的城鎮會浸泡在紅紅綠綠的霓虹燈光中，簡直像電影場景。每次去東京一定會拜訪某戶人家，那就是在佃島從事建築業的叔父家。他家附近有相生橋，在橋上看得到商船大學的練習船。相生橋上也看得到永代橋。造訪佃島的另一個樂趣，是前往西中通商店街。傍晚和下班的叔父一起前往西中通商店街的感覺，就像是去參加廟會。從赤坂前往佃島要搭開往水天宮的都電，然後在銀座轉乘開往月島的都電，接著還得在月島轉乘開往淺草的都電。在叔父家醒來，彷彿會聽見枕頭下方傳來都電電車行駛於晨霧中的聲響。

最後，我要衷心感謝長井勝一先生和谷田部周次君，他們為這本書提供了許多助力。

一九八二年五月

# 火車

是櫻花牌蠟筆嗎？
還是全壘打牌
粉蠟筆呢？
我忘了。

是柯林牌鉛筆嗎？
還是帆船牌鉛筆呢？
我忘了。

我在國小
第一堂美勞課上
畫了富士山的圖。
那是一些店家
在中元節會發的扇子
上常見的圖，
隨處可見的富士山畫。
那張圖貼在教室
牆上時，在同學
之間意外受歡迎。

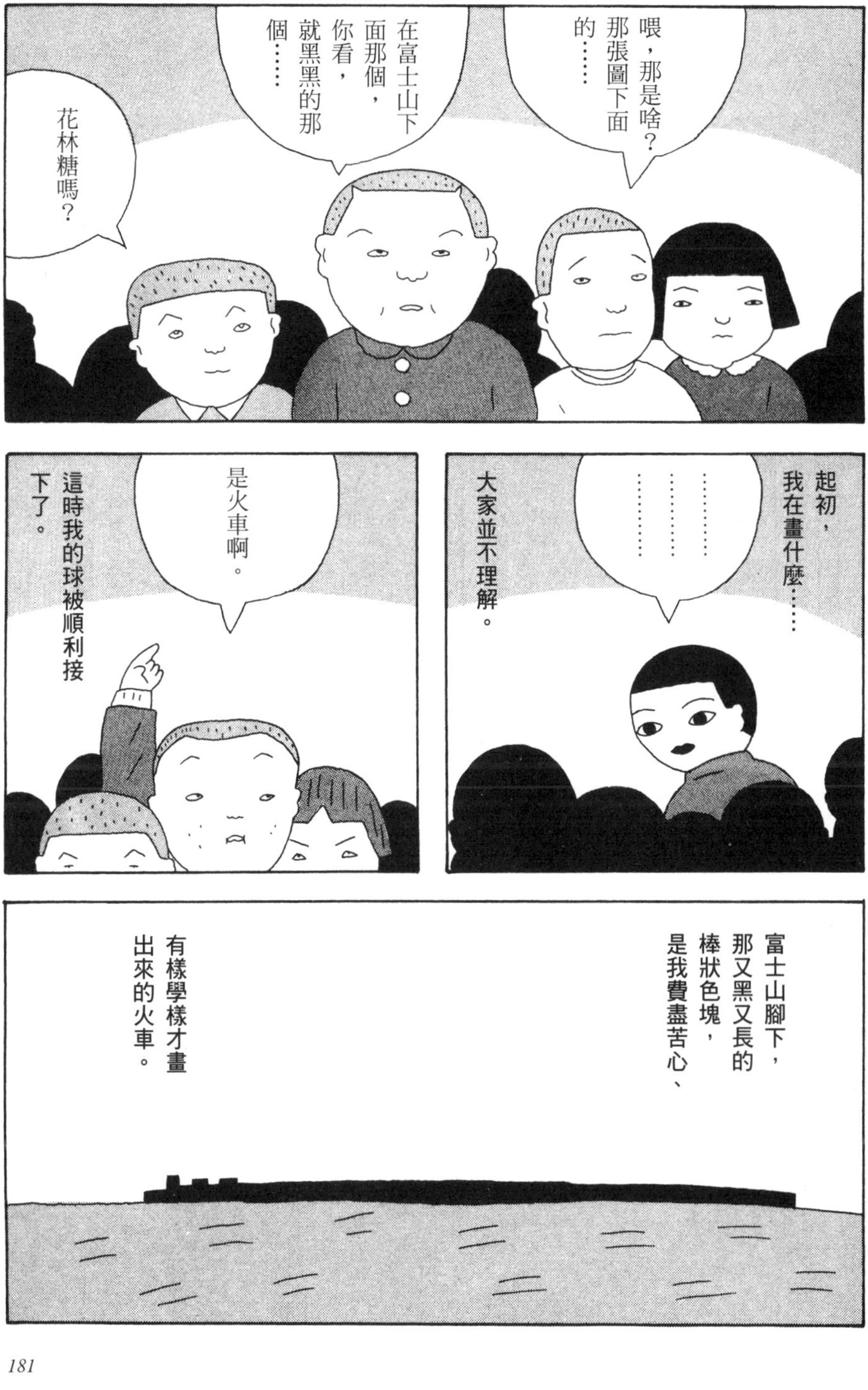
喂，那是啥？那張圖下面的……
在富士山下面那個，你看，就黑黑的那個……
花林糖嗎？
起初，我在畫什麼……
…………
大家並不理解。
是火車啊。
這時我的球被順利接下了。
富士山腳下，那又黑又長的棒狀色塊，是我費盡苦心、
有樣學樣才畫出來的火車。

後來，我在學校變得小有名氣。
喂，那就是畫火車的小西昇喔。
呵呵呵……他們在談論我呢。
到了寫生時間……
盡量別跑太遠喔。
好
好
好——
只要我一靠近，
妳們在畫什麼？
呀——讓畫圖高手看到的話很丟臉。
就會變成這樣。

某天……
你就是小西同學嗎？
似乎是高年級的女生。
是，我就是。
我是六年級圖畫社的三木早苗。
你要不要加入圖畫部呢？
我是那種不太會配合團體行動的人。
想要再自己一個人自由地畫一陣子看看。
真踐的一年級生呢，哼！

爸爸邀我上山，是在他出院幾週後。
阿昇，要不要去抓綠繡眼？
好呀！

山路瀰漫著新綠的氣味，風在草叢間吹著口哨。

我們在半路上曬得到太陽的地方休息。
漁村的屋頂櫛次鱗比，閃閃發光。
爸爸東摸西摸地，從口袋拿出某樣東西。
要吃嗎？
是四根追分糰子。
我張口吞下一顆時，爸爸說：
放假的時候，要不要去東京看看？
唔……
我頓時感到胸口一悶。

去東京，要從千倉站搭火車。
東京總是像在祭典中一樣。

地下還有路，有電車在跑。
我覺得很不可思議。

然後，我想起了高塚不動的祭典。
來來來，好吃喔。買的小朋友是資優生，
不買的小朋友得盲腸炎。

就那根樹枝吧。
我找出適合的樹枝，把竹子夾在這裡，
竹子上塗了鳥黐，旁邊放隻小鳥引誘同伴。
吹吹看鳥笛吧。
嗯。

鳥笛指的是把鈕扣放在嘴邊，吹響它。
啾——溜——啾——溜——
嘶——噓——
我吹出的聲音不太好聽。
鳥啼傳來，
遠方某處響起了汽笛聲。
中了。
啪嗟啪嗟
啪嗟啪嗟

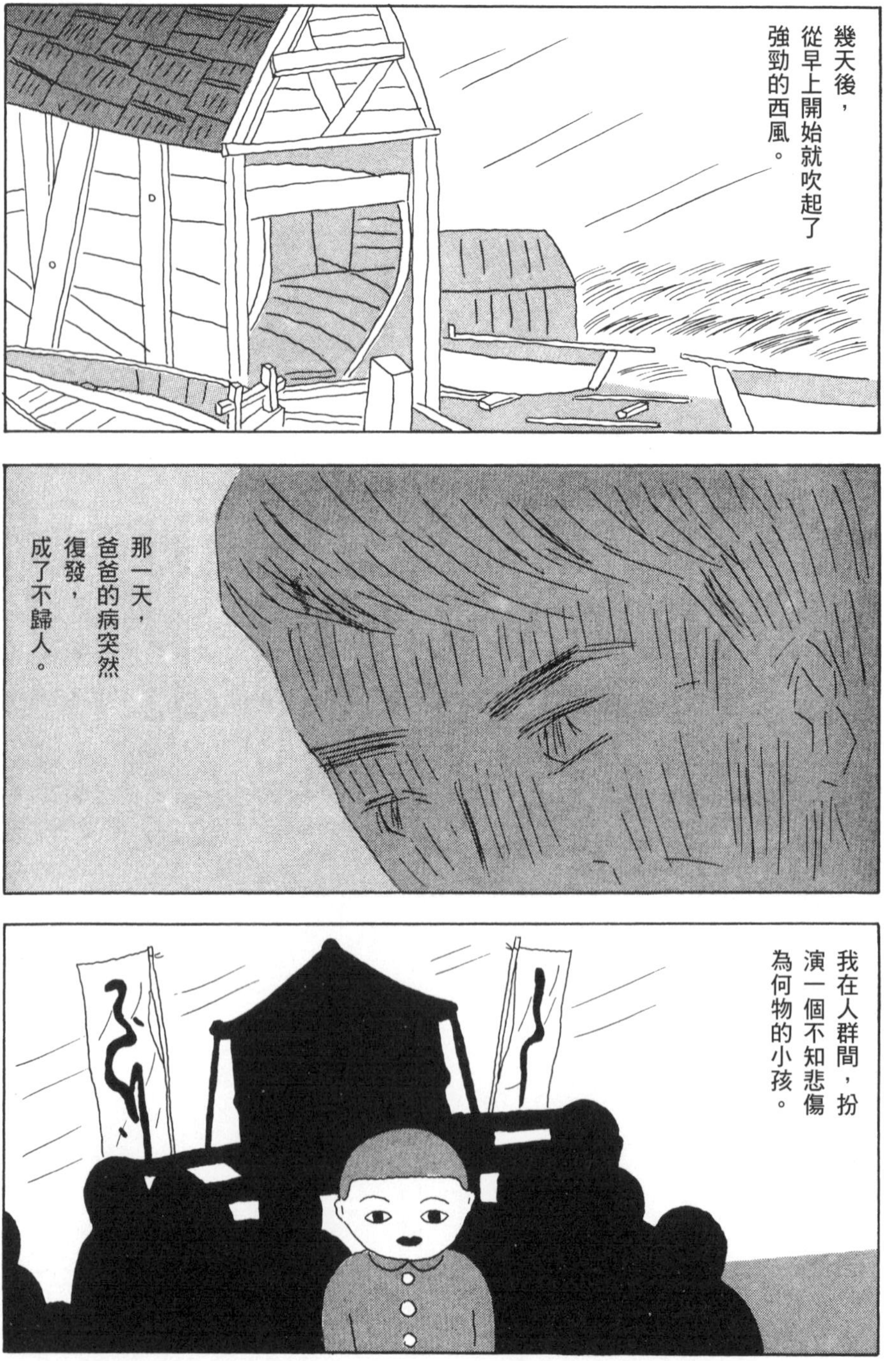
幾天後，
從早上開始就吹起了
強勁的西風。
那一天，
爸爸的病突然
復發，
成了不歸人。
我在人群間，扮
演一個不知悲傷
為何物的小孩。

背靠在後院
的乾草堆，
與小鳥為伴，
吹著口琴度日。

偶爾想起
爸爸說要搭火車
去東京，
便對毀約的爸爸
感到怨恨。
並且……

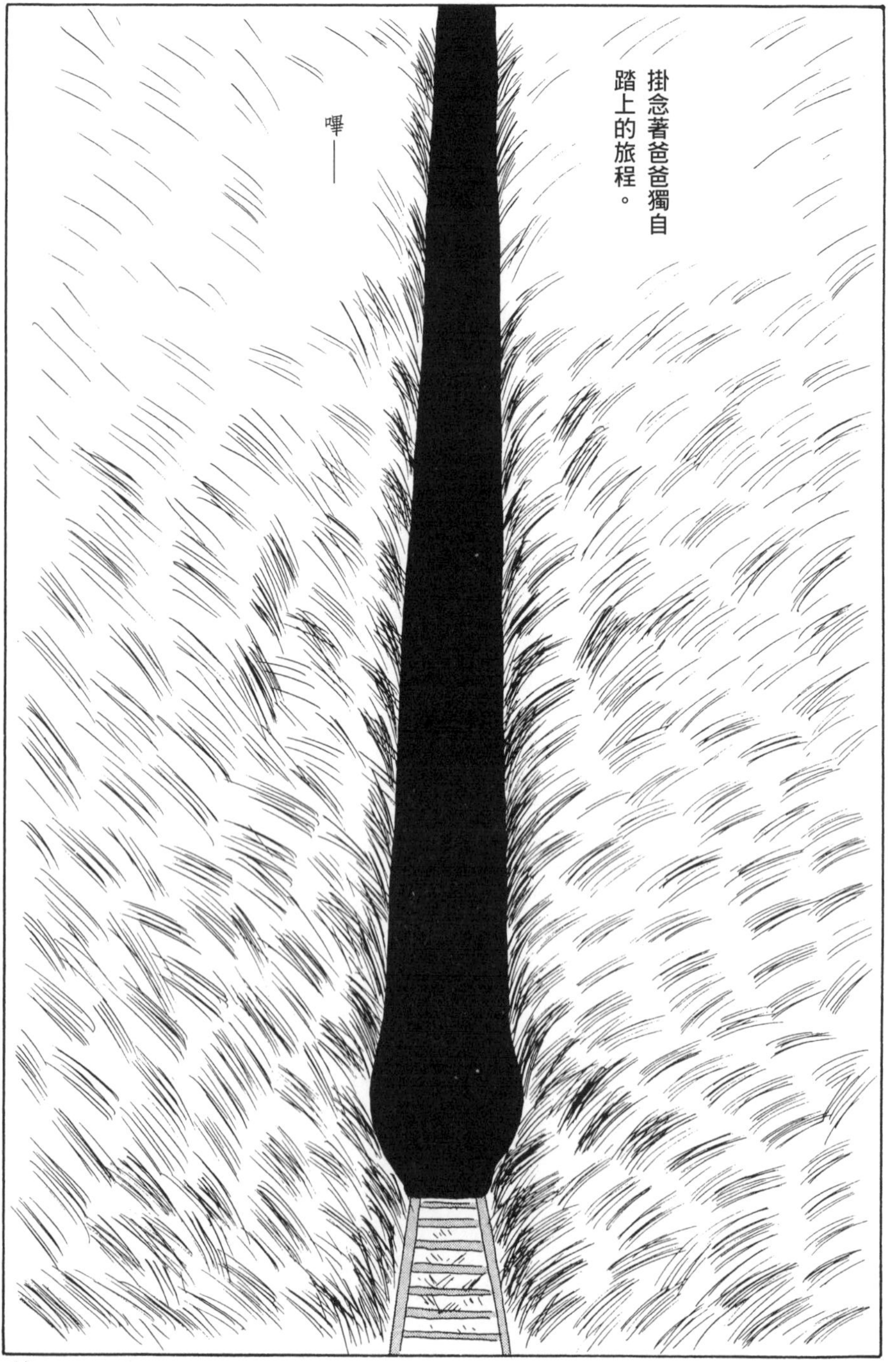


終 1975. 4. 10

# 解說　少年與東京鐵塔

川本三郎

「男人的故鄉是少年時代。」這是華茲渥斯說過的話。

那是你依然幼小的時候；那是你距離現實一步之遙的時候，你即將踏入其中，因而感到期待和不安，這心情又引起了小小的緊張；那是天空和城鎮的樣貌每天看起來都不一樣、都很新鮮的時候；那也是感受到成長之恐怖的時候，自己彷彿要逐漸變得不再是自己了。每個男人都擁有這特權性的孩提時代。

接著，隨著孩提時代遠離，你對它的懷念、愛戀便會呈反比增加。會逐漸覺得，那是再也回不去的「故鄉」。

若用中原中也式的說法，成為大人就像「回過神來還真是來到了很遠的地方」。當人對成為大人的自己感到疲憊時，記憶中重播的少年時代會突然變得像無可取代的黃金時代。那本來就不是真正的少年時代。那是稍微經過美化、粉飾的少年時代，是一種虛構。

人長大、失去純真，然後就能獲得「美好的孩提時代」作為補償。

《東京輓歌》是長大成人的安西水丸回想、粉飾而成的兒童期的故事。它以幽默卻又隱隱帶著哀傷的失落時光為追尋對象。

安西水丸生於昭和十七年（一九四二年）的東京，少年時代病弱，因此在母親故鄉千葉縣千倉町生活，升上高中時回到東京。《東京輓歌》像是以清淡的素描，畫出他在千倉的童年時代和回到東京後的高中時代。

大家都知道安西水丸寫俳句，不過他的畫也像俳句般以「不寫滿」為特色。畫面徹底清淡，色調偏白。不會被裝飾得很紛亂，也不會因線條多樣而產生叨絮感。無比清爽。首先，不會有暴露過度情感的狀況。省略，餘韻，淡白——然後從中生出某種令人莫名懷念的漂泊感。傳達出「在場卻又像是不在」的孤獨感。

彷彿為了呼應畫面似的，身為主角的小朋友也只有單薄的存在感。這孩子所在之處，總是和「中心」拉開一段距離。在千葉海邊城鎮的他，是「東京來的少爺」。

在東京的高中，他是「轉學生」。朋友們大多自稱「ore」，只有他自稱「boku」[1]。只有他無法順利和周圍的人打成一片。

這個「我」似乎沒有父親。母親扶養他長大，但在畫面中登場時永遠都只是一道黑影。這使得「我」的存在感更加單薄、虛幻。

不過安西水丸絕不會叨絮地強調「我」的這份孤獨感，也不會明白表現出周圍令「我」感受到的不對勁。他反而徹底扮演一個旁觀者。「我」經常站到觀看的那一方。「我」對於參與現實產生微妙的抗拒，想要成為觀看者。他總是想要成為被動承受的一方。和人幹架的是他朋友，和女人上床的是大人。而「我」看著這一切，意圖將自己擺到觀眾的位置。

還有，關於「死」的軼事也若無其事地被安插進來。風趣的高中同學死於三河島站國鐵事故，在朋友家碰見的黑道風男子強迫情人殉情，之後剩下的是遼闊的風景。「我」在那片空白之中，獨自奔向虛無。同時不斷確認一個事實：成為大人，指的就是與無數的、無道理可言的死亡相逢。《東京輓歌》會在讀者心中留下依稀的哀傷印象，正是因為「我」的立足點。

安西水丸眼中的東京，是尚且安穩優美的昭和三十年代初期東京。是一個安靜的東京，被夾在戰後混亂與奧運後的喧鬧之間。東京鐵塔、地下鐵丸之內線、奔走於東京各處的都電才剛興建完成，勝鬨橋還會開閉[2]。輕柔包裹「美好少年時代」的東京風景仍遍佈純真。後來，「我」與朋友絕別，一個人面對風景，只想和風景擁有相通的語言。彷彿想要相信：

1 兩者皆為男性用第一人稱，前者較豪邁粗獷，後者較謙遜。
2 勝鬨橋原本可上升橋面讓船隻通過，七〇年末因路面交通顯著增加、通過大型船隻減少，停止開閉至今。

唯有風景能夠安慰孤獨的少年。

我非常喜歡「我」比完劍道、獨自看著剛蓋好的東京鐵塔那段。孤身一人的少年，和剛蓋好的東京鐵塔。在那場面，孤獨和不安都在風景之中獲得了溫柔的慰藉。於是，微風靜靜吹拂，彷彿要擄走少年的心。

附錄

《東京輓歌》繁體中文版後記／導讀

# 如水一般清、柔且變：安西水丸漫畫中的趣味與韻律

## 晚進的漫畫新人

說到安西水丸，或許不少讀者都會聯想到他與小說家村上春樹的插畫合作；然而，在認識村上之前[1]，以「安西水丸」的筆名出道，卻是從漫畫開始的。一九七一年從美國紐約ADAC設計公司辭職，進入平凡社擔任藝術總監一職，因此認識了同社編輯嵐山光三郎，在其勸說下，開始了在傳奇漫畫誌《GARO》（ガロ）的漫畫繪製生涯。

生於一九四二年的安西水丸，本名渡邊昇，事實上是比同世代的漫畫作者還要晚出

1 安西水丸是在一九八〇年經由《驚奇屋》（ビックリハウス）雜誌編輯而認識村上春樹。而其漫畫活動始於一九七四年九月，連續三年沒有間斷，之後斷續於《GARO》刊載短篇，於一九八一年十二月號發表〈寒日〉（寒い日）後，就沒有在該誌上活動了。

道。一九七四年，與嵐山光三郎攜手改編的〈怪人二十面相之墓・前篇〉（收錄於《青之時代》），刊登在九月號的《GARO》誌上，是安西首次露面的作品。在雜誌創刊屆滿十年之後才出手，在同世代中可說是有些「另類」。

而在此之前，撇除長一個世代的作者如白土三平（一九三二—二〇二一）、柘植義春（一九三七—），幾乎屬於同世代的作者如楠勝平（一九四四—一九七四）、釣田邦子（一九四七—一九八五），早在雜誌創立初期就已有多篇作品，就連村上春樹長篇小說插畫作者・佐佐木牧（一九四六—），也在一九六六年十一月號就以〈在不認識的星球上〉（見知らぬ星で）出道了。

因此，當眾多同世代漫畫創作者在面對時局的更迭時，安西水丸似乎以一派輕鬆的姿態，用自己的步調避開了二十代青年在左翼運動[2]上的喧囂，最終以念舊的情懷，標記著摩登世代的到來，也成為《GARO》七〇年代後半「趣味主義」（面白主義）某種意義上的支撐者。他的特別，或許可以直接從作品中嗅出端倪。

## 「趣味」的新格局

相較多數六〇年代刊載在《GARO》上的作品，安西水丸的畫風有種清麗稚拙的氣氛，甚至被日漫史研究者米澤嘉博視為「拙巧派」（ヘタウマ）的元祖[3]。事實上，在此之前，以白土三平的〈神威傳〉（カムイ伝）為首的《GARO》，刊載了不少以古裝歷史為題材的作品，也有社會寫實的劇畫傾向漫畫，整體來說是帶有貸本漫畫[4]時期接近普羅大眾的形象。像是前面提及的楠勝平，就常有時代劇的描繪；而初期的池上遼一，作品較為陰暗晦澀，頗受劇畫影響。

《GARO》創刊十年來，雖然容納了難解漫畫派別的佐佐木牧、林靜一之流，也開闢了私小說性質的安部慎一、鈴木翁二等作者，但其主要銷售靠的卻是〈神威傳〉的魅力。該作呼應了全共鬪時代年輕人的左派立場，人人手持《GARO》為的就是標誌著打倒舊有勢力的精神。然而，〈神威傳〉第一部在一九七一年四月號終結，往後雜誌的銷售部數

2 一九五〇年代末到六〇年代，日本有各式的學生運動，如反對《日美安保條約》的示威活動，以及全共鬪會議等。
3 但另外一說是始於與安西同年生的插畫家湯村輝彥。（見南伸坊《我的插畫史》）
4 貸本漫畫為日本一九五〇年代極為盛行的出租漫畫形式，不少漫畫家是不經由書店出版，而是以「貸本」（出租本）的形式直接在出租書店流通，讀者多半是兒童或藍領階級。此種出版模式隨著經濟發展，在五〇年代末式微。

便逐步下滑[5]。

為了挽回頹勢，一九七二年因長井勝一而進入《GARO》擔任總編輯的南伸坊，與同為編輯的渡邊和博開創了新的局面。他們以「趣味主義」為號召，只要作品有趣都能刊登，將雜誌推向了更為新鮮的路線。安西與嵐山合作的作品正好在這樣的氛圍下有了舞台，也更能發展所謂由心出發的「不錯的畫」。

## 漫畫做為職業繪畫的起點

不過，「不錯的畫」究竟是什麼？安西水丸雖然自幼喜愛畫圖，十歲時便自由地畫著漫畫，但真正將畫圖當作職業的時期，卻是在三十二歲以後才開始的。他對於什麼是好的圖畫總有一番特殊的見解，很看重一筆入畫的直覺，若同一個畫面重畫個幾遍，他常常還是會覺得第一筆畫的最對味。因此，漫畫也是用同樣的方法進行，邊畫邊想而沒有草稿。

也正因為他的畫毫無修飾，在下筆前腦中對於畫面的結構便需要更具體。這與戰前漫畫家杉浦茂的作風有些類似，但會導致形體有不準確的落差，最後則顯露了一種兒童感。而這種由大人刻意經營的兒童趣味，正好成了「拙巧」的核心——也就是看似技術失誤，卻又透出熟練的技巧。

繪畫也因為稚拙而成了焦點，不停地遭受質疑。安西水丸曾說道：「雖然有很多人比我還會畫畫，但沒有人比我還要喜歡畫畫了。」或許他對繪畫的愛使得他的圖畫充滿吸引力，沒有修改的線條也更像他兒時練習的書法，必須全神貫注，將意念以最好的姿態具象出來。

## 生命富有節奏的過往回顧

當《GARO》給了他表現的自由，安西水丸第一想說的，盡是兒時的回憶、青少年的際遇。《青之時代》雖非嚴格意義的第一本單行本，但卻是出道作的集成，講述的多是

5 〈神威傳〉的最終回來到了《GARO》的銷售最高峰，發行八萬冊（退書率七％）；往後逐年下滑，到八〇年代後，發行二萬冊，實賣則為三千本。

有敏感心靈的兒童・小西昇的記憶；而本書《東京輓歌》聚焦在同一主角的青少年期，各篇幾乎都帶有某種性的暗示，以「輓歌」來命名，或許是對逝去的年輕做哀悼。兩部都是帶有自傳色彩的作品，只是真實性究竟到哪裡，只有安西自己才知道了。

至於孩童小西的形象，在本書的〈天誅蜘蛛〉、〈清志〉中也有出現（雖然在《青之時代》會更常見到）。據一九九四年的訪談，安西水丸曾提到這個形象的繪製，在過去的漫畫是很常見的。我們可以看見他的創作與往昔的關係，兒時的記憶是他靈感的源泉，連風格的來源都從過往的視覺經驗去提取。

而他也曾在一九七七年的兒童漫畫本《安西水丸驚奇漫畫館》（安西水丸ビックリ漫画館）[6]中，提到兒時大量閱讀漫畫雜誌的經驗，對福井英一的《伊賀栗君》（イガグリくん）是非常愛不釋手，也對榎本書店的漫畫書系列印象深刻。這些回憶構成他對漫畫的既定印象，比如圓筆尖作畫、十六頁鋪陳等形式，都成為他漫畫創作的基礎。

尤其，在十六頁的形式上，安西是不能妥協的。他甚至將之視為一種詩意的節奏，如果不是十六頁，就無法表現好的敘事。因此，收錄其《GARO》中後期作品的《東京輓歌》，也以十六頁為循環，往復誦唱著作者幾近透明的青春，還有種種周遭人事的淒涼。

如今，這位逝去的創作者，又重新以漫畫在臺灣讀者眼前亮相，用畫裡的愛與溫柔，包裹著往昔的回憶，使自身的初衷從筆畫中流瀉，如水一般，浸潤了我們。

吳平稑

6 這本書以出版時間來說，略早於一九八〇年出版的《青之時代》。《安西水丸驚奇漫畫館》於一九七七年發行，收錄《GARO》中期偏童稚感的作品。

參考資料：

ガロ史編纂委員（1991）。ガロ曼陀羅。東京：青林堂。

権藤晋（1993）。ガロを築いた人々ーマンガ30年私史。東京：ほるぷ出版。

安西水丸（2017）。我與村上春樹、書，還有畫筆。台北：創意市集。

安西水丸（2021）。青の時代。東京：クレヴィス。

南伸坊（2022）。我的插畫史。台北：臉譜。

安西水丸漫畫作品表：

安西水丸ビックリ漫画館。1977/05/30平裝。

青の時代。1980/06/15盒裝，1987/04/10精裝，1999/05/01文庫，2021/04/30復刻。

中文版《青之時代》（2023），大塊文化。

ハナクロ探検隊。1981/04/10平裝。

東京エレジー。1982/05/30平裝。1989/07/01文庫。中文版《東京輓歌》（2023），鯨嶼文化。

春はやて。1987/12/01 文庫。
黄色チューリップ。1988/06/20 平裝。
普通の人。1989/10/01 平裝，2000/01/01 文庫。
普通の人　平成版。1993/04/01 平裝，2000/01/01 文庫。
普通の人　完全版。2021/08/26。

本作品於一九八二年五月三十日由青林堂出版，
不過〈火車〉為本書首次收錄。

MANGA 006

# 東京輓歌

## 東京エレジー

作　　　者　安西水丸
譯　　　者　黃鴻硯
導　　　讀　吳平稑
美術／手寫字　林佳瑩
內 頁 排 版　藍天圖物宣字社
校　　　對　魏秋綢
社長暨總編輯　湯皓全
出　　　版　鯨嶼文化有限公司
地　　　址　231 新北市新店區民權路 108-3 號 6 樓
電　　　話　(02) 22181417
傳　　　真　(02) 86672166
電 子 信 箱　balaena.islet@bookrep.com.tw

讀書共和國集團社長　郭重興
發　行　人　曾大福
發　　　行　遠足文化事業股份有限公司
地　　　址　231 新北市新店區民權路 108-3 號 8 樓
電　　　話　(02) 22181417
傳　　　真　(02) 86671065
電 子 信 箱　service@bookrep.com.tw
客 服 專 線　0800-221-029
法 律 顧 問　華洋國際專利事務所 蘇文生律師
印　　　刷　勁達印刷有限公司
初　　　版　2023 年 5 月

定價 400 元
ISBN 978-626-7243-17-6
EISBN 978-626-7243-18-3（PDF）
EISBN 978-626-7243-19-0（EPUB）